KB037510

절대
인문
상식

Absolute Liberal Arts Common Sense

절대 인문 상식

초판 1쇄 인쇄 | 2011년 11월 05일
초판 2쇄 발행 | 2012년 02월 10일

지은이 | 윤종호
펴낸이 | 원선화
펴낸곳 | 푸른영토

기획주간 | 전윤호
편집부 | 이세경
디자인 | 김왕기, 정연규
영업부 | 조병훈

주소 | 경기도 고양시 일산동구 장항동 751 삼성라끄빌 321호
전화 | (대표)031-925-2327, 070-7477-0386~9 · 팩스 | 031-925-2328
등록번호 | 제2005-24호   등록년월일 | 2005. 4. 15
홈페이지 | www.blueto.co.kr   전자우편 | kwk@blueto.co.kr

종이 | (주)비전 B&P
인쇄 | 예림인쇄

ⓒ윤종호, 2011

ISBN 978-89-97348-00-8   03800

절대
인문
상식

윤종호 지음

Absolute Liberal Arts Common Sense

푸른영토

우주가 뭐야?

우주는 지구와 같은 별들이 모여 있는 아주 넓은 공간이지.

지구는 뭐야?

지구는 우리 살고 있는 별이지.

별은 뭔데?

밤하늘에 반짝이고 있는 행성이지.

행성은 뭐야?

행성은 태양처럼 중심이 되는 큰 별의 둘레는 일정하게 도는 작은 별이란다.

왜 도는데?

…….

이쯤 되면 말문이 막히게 마련이다. 아이들은 처음 들어 보는 단어에 강한 집착을 보인다. 그래서 하루 종일 엄마를 졸졸 따라다니며 귀찮을 정도로 질문을 해댄다. 하지만 말 꼬리 잡기식의 질문만 있는 것은 아니다. 언제나 그 질문은 '왜?'로 귀결되기 때문이다.

사실 우리는 이미 많은 것을 알고 있다. 그러나 막상 말로 옮기는 것은 쉽지 않은 일이다. 또한 우리는 하나하나에 대해서는 잘 알고 있다. 그러나 그 원인이 무엇인지, 그 결과가 무엇인지까지 알기는 쉽지 않다. 게다가 A를 설명하기 위해 끄집어낸 B가 언제나 말썽이다. 그로 인해 새로운 궁금증이 생겨나니 말이다.

이 책 《절대인문상식》은 바로 이처럼 끝없이 이어지는 순수한 궁금증을 해결하기 위해 만들어졌다. 한 사건의 '왜'를 찾고, 그 '왜'에서 새로운 결과를 찾아감으로써 지식의 폭을 확장시키고자 한다.

《절대인문상식》은 프랑스 혁명으로부터 시작된다.

인류의 삶이 혁명 이전과 혁명 이후로 크게 나뉘기 때문이다. 인류는 혁명을 통해 이전의 봉건적이고 전근대적인 인식에서 탈피, 이성과 합리성으로 무장하게 되었다. 정치적으로도 이전의 전제주의를 벗고 민주주의로 한 발 내딛는 일대 혁신을 이룬다. 주어진 삶을 살아가기에도 급급했던 사람들이 이제는 자유와 평등을 외치고 세계평화를 주장하게 되었다. 혁명은 인류의 역사를 둘로 나눠놓았던 것이다. 그런데 모든 것에는 원인이 있다. 혁명을 이해하고, 그 원인을 이해하고, 다시 그것으로 파생된 다양한 결과를 이해하면 인류가 수천 년에 걸쳐 이룩한 정신적 유산을 종합적으로 이해하게 될 것이다. 바로 이것이 이 책을 프랑스혁명으로 시작한 이유다.

역사는 시간의 흐름에 따라 진행된다.

그러나 그 원인은 이전으로 거슬러 올라가야만 알 수 있다. 그 결과는 후대로 내려와야만 알 수 있다. 또 지금의 일이 내일이 아니라 모레에 영향을 줄 수도 있다. 시간과 관계없이 원인과 과정과 결과가 복잡 미묘하게 얽혀 있는 것이다. 때문에 이 책 《절대인문상식》은 시간의 흐름에서 과감히 탈피하고자 했다. 궁금증으로 시작해서 다음 궁금증으로 이어지다 보면 자연스럽게 역사 속에 존재하는 복선과 개연성을 발견하게 될 것이다.

이 책 《절대인문상식》을 재미있게 읽으려면 먼저 시간의 흐름에서 벗어나야 한다. 이 책의 내용은 발생, 또는 탄생 시간에 따라 구성되어 있지 않다. 오직 원인과 결과에 의해 구성되었다. 그러므로 과감히 시간을 벗어 던져라. 또 본문 중 굵게 표시된 부분이 무엇인지를 확인하면서 읽어나가야 한다. 그것이 바로 다음 꼭지에 대한 질문이기 때문이다.

따라서 표시 부분이 원인인지 결과인지를 파악한 후에 다음 꼭지로 넘어가야 한다.

　꼬리에 꼬리를 무는 끝없는 궁금증을 안고 인류에게 일대 변혁을 선물한 프랑스 혁명에서 출발해 개별적으로 존재하던 인문상식을 하나의 연결고리로 이어나가다 보면 수천 년에 걸쳐 이룩된 인류의 정신적 유산을 독자의 것으로 만들 수 있을 것이다.

차 례 CONTENTS

Tomorrow hopes we have learned something from yesterday.

내일은 우리가 어제로부터 무엇인가 배웠기를 바란다.

― 존 웨인

## 001

프랑스 혁명

Révolution Française

프랑스의 사상적 시민혁명(1789.7.14~1794.7.28).

모든 국민이 자유로운 개인으로서의 자기 확립 권리와 평등한 권리를 주장했다. 프랑스 혁명은 엄밀히 말해 1830년 7월 혁명과 1848년 2월 혁명을 일컫지만 대개는 1789년을 지칭한다. 다른 혁명과 구별하기 위해 1789년 혁명을 대혁명으로 부른다.

당시 프랑스 왕권은 절대주의 체제 아래 국민을 단순한 신하로 치부했다. 아울러 소수의 귀족, 성직자들이 특권을 쥐고 국민을 압제하고 있었다. 이에 평민들이 1789년 봉기하게 되었다. 프랑스 혁명은 절대왕권 체제인 '앙시앵 레짐'을 무너뜨렸지만 혁명 후 나폴레옹 보나파르트Napoleon Bonaparte에 의한 쿠데타가 성공하자 이후 75년 동안 로비에스 피에르와 같은 급진주의자와 토마스 페인 같은 온건주의자의 공화정, 제국, 군주제의 굴곡을 거치게 되었다. 그 가운데에서 토마스 페인은 프랑스 혁명을 지원하는 사상적 기초가 된 **《인간의 권리》**를 직접 저술하기도 했다.

혁명의 이념은 반세기 전 계몽사상가인 몽테스키외, 볼테르, 루소, 디드로 등의 사상에 근거하고 있다. 특히 루소의 인민주권론이 혁명사상의 기초가 되었다. 프랑스 혁명은 유럽과 세계 역사에 큰 전환점이 되었으며 일반시민에게 정치적 권력이 이양되는 민주주의 기초가 되었다.

시민들에게 공격 받는 바스티유 감옥
장 피에르 루이 로렌트 휴엘의 수채화

인간의 권리

Rights of Man

002

토머스 페인이 프랑스 혁명에 관해 저술한 책.

프랑스에서 프랑스혁명을 직접 목격한 뒤 저술, 1791
년에 출간했다. 그는 이 책을 통해 프랑스 혁명을 옹호
하고 있다.

페인은 책에서 영국의 보수주의자인 에드먼드 버크가
쓴 《프랑스 혁명에 관한 고찰》(1790년)의 비판에 많은 부
분을 할애하면서 "혁명이 모든 인간의 평등만을 보장한
것이 아니라 진정한 개인적 가치를 고양시키는 데 이바
지했다."고 역설한다. 아울러 군주정치와 귀족정치를 폐
지, 국가교육체계 수립, 부의 재분배 문제에 대해 언급
했다.

이 책의 영향으로 영국 내 급진적 세력들이 등장함에
따라 페인은 반란선동죄로 몰려 프랑스로 망명했다.

토머스 페인

003

Thomas Paine

18세기 미국의 작가(1737.1.29~1809.6.8).

국제적 혁명이론가로 미국의 독립전쟁과 프랑스혁명 때 활약,《상식》을 출간해 독립이 가져오는 이익에 대해 설파했고 독립전쟁 때는 《위기》를 출간해 민중을 지지했다.

영국 노퍽의 가난한 가정에서 태어났다. 여러 직업을 전전하며 사회와 정치의 모순을 직접 경험했다. 런던에서 만난 B. 프랭클린의 권유로 1774년 필라델피아로 이주, 1776년 《상식》을 시작으로 여러 책을 출간했다. 그러나 프랑스혁명에 관해 기술한 《인간의 권리》로 영국에서 탄압받아 프랑스로 망명, 다시 《이성의 시대The Age of Reason》(1796년)가 **무신론**자라는 비난으로 돌아옴에 따라 미국으로 이주했다. 말년에 가난과 외로움에 시달리다 사망했다.

# 무신론
Atheism(無神論)

신의 존재를 부정하거나 신에 대한 신앙을 거부하는 사상.

강경한 무신론자들은 신을 비롯한 모든 영적인 존재까지 모두를 부정한다. 무신론을 뜻하는 'Atheism'의 어원은 고대 그리스어의 '아테오스atheos'로서 신이 없는 상태를 가리킨다.

18세기 이후 종교적 병폐에 대한 거부의 형태로 등장한 무신론은 **불가지론**을 토대로 하고 있다. 무신론자들은 경험주의적 실증이 부족한 초자연적 현상에 대해 회의적인 반응을 나타내며 보편적 이론을 바탕으로 신과 영적인 존재를 거부한다. 무신론은 철학과 사회학, 역사학에 고루 퍼져 있으며 인본주의, 이성주의, 자연주의, 세속주의 등의 경향으로도 나타난다. 무신론은 대개 비종교적이고 세속적이지만, 자이나교나 불교처럼 일종의 자기수양의 형태로 신앙을 가지기도 한다.

불가지론

Agnosticism(不可知論)

세계를 인식하는 가능성을 인정하지 않는 이론.

'인간은 의식으로부터 독립한 객관적 실재에 대해 아무것도 알지 못한다'는 반反유물론적 입장을 취한다.

데이비드 흄과 칸트로 대표되는데, 흄은 인간의 인식이 오로지 인상과 관념의 범위 내에서 이루어지고 있으므로 그 외부에 객관적 실재가 존재하는 것에 대해 인지할 수 없다고 주장한 반면, 칸트는 의식의 외부에 실재하는 것에 대해 인정하면서도 인간은 그것을 인식할 수 없다고 했다.

변증법적 유물론은 불가지론을 비난하는 반면, 현대의 부르주와 철학은 대부분 불가지론을 유지하고 있다.

데이비드 흄
David Hume

영국의 철학자(1711.4.26~1776.8.25).

J. 로크와 I. 뉴턴의 이론과 방법을 응용해 인간본성에 관한 여러 학문의 근거를 해명하고자 했다. 홉스의 계약설을 비판하고 공리주의를 지향했다.

1711년 4월 26일 스코틀랜드 에든버러에서 출생, 에든버러대학 법학부를 졸업했다. 젊은 시절 회사를 다니다 문학과 철학을 공부하기 위해 프랑스로 건너간다. 1734년부터 1737까지 프랑스에 머물며 《인성론人性論, A Treatise of Human Nature》을 출간하기 시작, 1739년에 제1권 〈오성편Of the Understanding〉과 제2권 〈감정편Of the Passions〉, 1740년에 제3권 〈도덕편Of Morals〉을 출간했다. 이어 당시의 정치, 경제, 사회에 대해 다룬 《도덕 및 정치철학Essays Moral and political, Literary》(1741~1742)을 출간했다.

무신론자라는 이유로 에든버러 대학과 글래스고 대학으로부터 교수직을 거절당하기도 한 흄은 1763년에는 주 프랑스 대사의 비서관, 1767년부터 1769년까지는 국무차관을 지냈다.

흄은 '상상'을 '오성'에 대해 필수적인 동조자이면서 그 자체로 자유롭게 활동하는 것으로 봤는데, 그것이 바로 예술이다.

한편 리처즈는 흄의 예술관을 바탕으로 인간의 무의미한 체험들을 하나의 형상으로 통일시키는 작업으로서의 예술을 주장했는데, 다시 그것을 바탕으로 프로이트의 이론의 일부를 곡해해 수용한 것이 **초현실주의** 예술관이다.

# 초현실주의
Surrealism(超現實主義)

정신분석학자 프로이트의 영향을 받아 무의식의 세계와 꿈의 세계를 표현하는 20세기의 문학과 예술사조.

이성이 아닌 공상과 환상의 세계를 다루며 사실주의와 추상예술과 대립되기도 한다. 그러나 반드시 그런 것은 아니며 상호간의 교류와 접목이 이루어진 작품도 다수 있다.

초현실주의라는 말을 처음 사용한 것은 1917년 시인 기욤 아폴리네르인데, 초자연주의超自然主義라는 명칭을 쓰려다 초현실주의로 고쳤다. 초현실주의가 본격적인 형태를 갖춘 것은 앙드레 브르통이 《초현실주의 선언Manifeste du Surrealisme》(1924년)을 발표한 후 1925년 파리에서 이 사조의 종합전을 열면서부터다.

초현실주의가 나타난 것은 다다이즘의 탄생에 기인한다. 다다이즘은 제1차 세계대전 이후 전통과 질서를 파괴하고자 하는 운동으로 비합리와 비윤리적 방향성을 지향한다. 초현실주의의 에로티시즘이 비도덕적인 경향을 짙게 드러내는 것도 다 이런 이유 때문이라 하겠다.

초현실주의의 기원은 입체주의 운동에서도 찾을 수 있다. 입체주의는 기성의 회화를 부정하는 이념적 회화 운동이었는데, 이는 초현실주의의 공간의식과 맥을 같이 한다. 초현실주의 공간은 상상적 공간이며 비현실의 공간이다. 따라서 초현실주의는 간접적으로 입체주의의 계열을 잇고 있다고 할 수 있다.

초현실주의는 무의식의 영역에 주목, 이성의 반대, 합리의 반대쪽 세상을 그린다. 이러한 경향은 인간의 내면이 결코 하나의 면을 갖고 있지 않다는 이유에서 비롯되었다. 즉, 인간은 선과 악의 모습을 동시에 공유한다는 것이다. 이러한 자각을 가장 먼저 한 것이 **낭만주의**다. 초현실주의가 낭만주의의 정신적 계보를 잇고 있는 것이다.

아울러 초현실주의는 프로이트의 리비도에 근거하고 있다. 그러므로 초현실주의는 상상력의 세계다. 때문에 초현실주의는 시, 회화, 사진, 영화 속에서 현실적인 것을 넘어서는 불가사의한 것, 비합리적인 것 등으로 나타났고, 20세기 특유의 환상예술을 등장시켰다.

초현실주의가 문학운동으로 이어진 것은 브르통을 비롯해 아라공, 엘뤼아르, 수포, 페레, 데스노스, 크르베르 등에 의해서다. 그러나 이 운동은 정치에 관여하면서 공산주의와 접목을 시도했으나 실패했고, 결국 분열의 과정을 겪게 되었다. 그 대표적인 사건이 '아라공 사건'인데, 아라공이 〈적색전선〉이란 시를 통해 공산당에 무조건 복종을 주장한 일이었다. 이 사건은 큰 반향을 일으켰지만 아라공은 결국 초현실주의 그룹에서 제명되고 말았다.

1930년대부터 초현실주의는 국제선전운동으로 발전했다. 1936년 런던과 1938년 파리에서 브르통, 엘뤼아르 주축으로 '국제쉬르레알리슴전'이 열린 것이다. 그러나 1936년 이후 공산당과 가까워진 엘뤼아르는 브르통과 결별하게 된다. 브르통은 제2차 세계대전 중 그룹의 주요 인물들과 함께 미국으로 건너가 활동하다가 1947년 프랑스로 돌아온 뒤 공산당, 실존주의와 결별을 선언했다. 그 뒤 운동은 점차 쇠퇴기를 걸었으나 미학적 측면에서는 오늘날까지도 큰 영향을 주고 있다.

오늘날의 초현실주의를
있게 한 사람들

1. 지그문트 프로이트 Sigismund Schlomo Freud

오스트리아의 정신과 의사이자 철
학자이며 정신분석학의 창시자
(1856.5.6~1939.9.23).

무의식과 억압에 대한 이론, 정신분석학
적 임상치료방식을 창안했다.

환자를 대상으로 최면술을 적용시켰고 인간의 마음속에 무의
식이 존재한다고 주장했다. 꿈, 착각, 해학과 같은 정상심리도
연구해 심층심리학을 확립했다. 또한 성욕을 인간생활의 주요
한 동기 에너지로 정의하고 꿈을 통해 무의식을 연구하는 방법
을 만들어냈다. 아울러 그는 신경병 학자로서 뇌성마비를 연구
하기도 했다. 20세기 말, 심리학이 발전하면서 프로이트의 주
장에 결점이 드러나지만, 그의 방법과 이론적 접근은 임상정신
학에 중요한 전환점을 마련해주었다. 아울러 그의 이론은 인문
과학과 사회과학에도 지대한 영향을 끼쳤다.

1856년 오늘날의 체코 프라이베르크에서 태어나 이복형제들

과 함께 자랐다. 김나지움 내내 최우수학생으로서 빈 대학 의학부에 입학. 신경해부학을 공부했다. 졸업 후엔 뇌 해부학을 공부하면서 우울증 치료제 개발에 관심을 두었다. 1885년 파리의 살페트리에르 정신병원에서 히스테릭 환자를 대상으로 연구를 시작했고, 1889년에는 낭비에서 최면술을 접하면서 J. 브로이어와 함께 최면술에 의한 치료 방법을 연구, 1893년 카타르시스법을 확립했다. 그러나 이내 결함을 발견하고 자유연상법에 의한 치료 방법을 확립, 1896년 '정신분석'이란 개념을 처음으로 사용했다. 1900년 이후에는 심층심리학을 확립했고 1905년엔 소아성욕론을 수립했다. 1938년 오스트리아가 독일에 합병되자 런던으로 망명했고, 1939년 암으로 사망했다.

그의 이론은 초기에 인정받지 못했지만 1902년 이후 슈테켈, 아들러, 융, 브로이러 등의 동조자가 나타나면서 결국 1908년에 국제정신분석학회가 개최되기에 이른다. 제1차 세계대전 이후에는 이드, 자아, 상위자아, 생의 본능과 죽음의 본능 등의 이론을 세워 정신분석학을 더욱 발전시켰다. 또 그의 이론은 심리학, 정신의학뿐만 아니라 사회학, 사회심리학, 문화인류학, 교육학, 범죄학, 문예비평에 큰 영향을 끼쳤다. 저서로는 《히스테리 연구》(1895년), 《꿈의 해석》(1900년), 《일상생활의 정신병리》(1904년), 《성 이론에 관한 세 가지 논문》(1913년), 《정신분석입문》(1917년), 《쾌감원칙의 피안》(1920년), 《자아와 이드》(1923년) 등이 있다.

2. 기욤 아폴리네르 Guillaume Apollinaire

프랑스의 시인이자 소설가(1880.8.26~1918.11.9).

20세기의 새로운 예술창조자의 한 사람
으로서 평론 〈입체파 화가〉와 〈신정신L'
Esprit nouveau〉으로 모더니즘 예술 발
족에 커다란 영향을 주었다.

로마 출생으로 열아홉 살 때부터 유럽
여러 곳을 여행하며 시와 단편소설을 썼

으며 파리에서는 M. 자코브, A. 살몽 등의 시인과 피카소, 브라
크 등의 화가와 교류하며 입체파와 야수파에 관여했다.

작품으로는 《썩어가는 요술사》(1909년), 《동물시집》(1911년),
《이교異敎의 교조와 그의 일파》(1910년), 《학살당한 시인》(1916
년), 《알콜》(1913년), 《칼리그람》(1918년) 등이 있다.

3. 앙드레 브르통 André Breton

20세기 초현실주의를 대표하는 프랑스의 시인이자 이론가
(1896.2.19~1966.9.28).

1924년 《초현실주의 선언 Manifeste du
Surrealisme》을 발표, 인간정신의 자유를
구현하는 시의 혁신운동을 주창했다.

데파르트망 뱅슈브레에서 태어났으며
열네 살부터 시를 썼다. 파리대학 의학

부에 재학 중 제1차 세계대전이 일어나자 육군병원 정신과에
복무하면서 프로이트의 작품과 접했다. 1917년 아폴리네르, 아
라공, 수포, 차라 등과 교류하며 다다이즘에도 참여했다. 〈문학
〉, 〈초현실주의혁명〉 등의 기관지를 발간했고 《나자》, 《연통관》
등의 작품을 발표했다.

초현실주의 운동은 많은 동조자들이 공산주의자가 되면서 분
열을 겪었지만 브르통은 끝까지 초현실주의에 전념했다.

4. 폴 엘뤼아르Paul Eluard

프랑스의 시인(1895.12.14~1952.11.18).
다다이즘 운동에 참여했고 초현실주의
의 대표적 시인으로 활약했다. 로트레아
몽의 '시는 실천적인 진실을 목적으로
한다'는 말을 신봉하며, '시인은 영감을
받는 자가 아니라 주는 자'라고 여겼다.

파리 교외의 생드니에서 태어난 그는 제1차 세계대전에 종군
했다가 폐병을 얻어 평생 앓았다. 전후 브르통, 아라공 등과 초
현실주의운동에 주요 인물로 활동했다. 에스파냐 내전 때에는
인민전선의 레지스탕스로 활약했다.

초현실주의의 특징을 그대로 드러낸 시집으로는 《고뇌의 수
도》(1926년), 《사랑, 그것은 시》(1929년), 《정치적 진실》(1948년),
《교훈》(1949년), 《불사조》(1952년) 등이 대표적이다. 아울러 〈시

와 진실Poésie et vérité〉, 〈독일군의 주둔지에서Au rendez-vous allemand〉는 프랑스 저항시의 백미로 손꼽히며 초현실주의 시인 중 가장 후대에 영향을 끼친 것으로 평가된다.

# 낭만주의
Romanticism(浪漫主義)

18세기 후반에서 19세기 초까지 독일, 프랑스, 영국을 중심으로 한 유럽에 나타난 문학과 예술의 사조.

낭만주의는 영국 산업혁명과 프랑스 혁명 등의 영향을 받아 계몽주의나 고전주의로부터의 탈피와 정치적 권위나 사회적 관습의 거부를 꾀하는 움직임이다. 또한 인간의 자유로운 상상과 정서를 강조하며 내면의 자아를 찾는 것을 본질로 하고 있다.

낭만주의의 뿌리는 루소의 자연주의에 근거를 두고 있으며 독일의 실러, 괴테, 노발리스(F. von H. Novalis) 등의 작품에서 본격적으로 전개되었다. 슐레겔의 낭만적 문예와 괴테의《젊은 베르테르의 슬픔Die Leiden des jungen Werthers》은 독일을 중심으로 전 유럽을 휩쓰는 사조의 대표가 되었다.

낭만주의 문학의 시작은 18세기 말 영국의 문인들에 의해서였는데, 그레이, 콜린스, 카우퍼, 블레이크가 대표적이다. 18세기 후반 워즈워스, 콜리지, 셸리, 바이런, 키츠, 캠벨, 무어, 스콧, 램, 해즐릿, 드퀸시 등의 작품으로 발전되었다.

한편 프랑스에서는 루소에 이어 스탈 부인과 샤토브리앙 등을 시작으로 1820년에 이르러 본격화되었고, 그 영향은 1843년까지 지속되었다. 대표 작가로는 라마르틴, 위고, 뮈세, 비니, 고티에, 뒤마 페르, 생트뵈브, 메리메 등이 있다.

미국의 경우는 브라운, 쿠퍼, 어빙, 시먼스, 브라이언트, 포, 에머슨, 소로, 호손, 멜빌, 롱펠로, 로웰, 휘트먼 등이 대표적이다.

한국에서는 동인지 **〈백조**白潮**〉**(1922년)를 중심으로 퇴폐와 우울의 병적 낭만주의 경향의 문학이 전개되었으며 시인 박종화, 이상화, 박영희, 홍사용 등의 초기 작품에 나타나고 있다.

낭만주의 대표 시인들
좌측부터 워즈워스, 바이런, 키츠

독일 고전주의 문학의 2대 거성

1. 프리드리히 실러 Johann Christoph Friedrich von Schiller

독일의 시인 · 극작가(1759.11.10~1805.5.9).

사관학교를 졸업한 뒤 군의관으로 복무하던 중 상연한 〈군도Die Räuber(群盜)〉로 극자가로서의 명성을 얻은 실러는 개성해방의 문학운동인 '슈투름 운트 드랑Strum und Drang(질풍노도)'의 대표 문인으로 꼽힌다.

독일 바덴뷔르템베르크 주의 마르바흐에서 출생했다. 열네 살 때 칼 사관학교에 입학, 의학을 공부하며 시와 희곡을 썼고, 사관학교를 졸업한 후에는 슈투트가르트 연대에서 군의관으로 복무했는데 이때 발표한 〈군도〉로 인해 영주의 탄압을 받고 만하임으로 도망쳤다.

1784년에 역사극 〈피에스코〉와 시민비극 〈간계와 사랑〉을 상연했고, 1787년 당시 문단의 중심지였던 바이마르로 이주, 역사와 그리스 문학 연구에 몰두하던 중 〈돈 카를로스〉와 《네덜란드 이반사》, 《30년 전쟁사》를 발표했다.

1789년 예나대학 역사학 객원교수가 되었고, 약혼자 샤를로테와 결혼했으나 폐결핵을 앓아 고전했다. 덴마크 황태자, 폰 아우구스텐베르크의 도움으로 겨우 치료를 받은 이후 칸트철학을 연구해 《우미와 존엄》, 《인간의 미적 교육에 관한 서한》, 《숭고에 관해》 등을 집필했다.

실러와 괴테의 인연은 1794년 실러가 기획한 잡지 〈호렌〉에 기인한다. 이 잡지에 괴테가 참여함으로써 두 사람은 문학과 사상 면에서 우정을 나누기 시작했다. 1797년 〈연간시집〉에는 괴테와 공동으로 지은 〈크세니엔Xenien〉 414편을 발표했다. 아울러 독일 고전주의문학의 거장인 두 사람의 서한집인 《괴테 · 실러 왕복 서한Briefe zwischen Goethe und Schiller》은 문예와 인생을 다룬 중요한 작품으로 평가받고 있다.

주요 작품으로는 희곡 〈발렌슈타인〉, 〈돈 카를로스〉, 〈군도〉, 〈메시나의 신부〉, 시집 《그리스의 신들》, 《예술가》, 《이상과 인생》, 《잠수자》, 《장갑》, 《말》, 《음악》, 《환희에 부쳐》 등 외에도 〈범죄자〉, 〈유령을 본 사람〉 등의 소설도 있다.

2. 요한 볼프강 폰 괴테 Johann Wolfgang von Goethe

독일의 작가, 철학자, 과학자, 바이마르 공화국 재상 (1749.8.28~1832.3.22).

왕실고문관인 요한 카스파르 괴테와 프랑크푸르트 암마인 시장의 딸인 카타리네 엘리자베드 텍스토르의 아들로 태어났다. 부모로부터 근면성과 예술성을 물려받고 어려서부터 천재교육을 받은 괴테는 프랑스와의 7년 전쟁 중 고향에 프랑스 점령군이 주둔하면서 프랑스 문화에 관심을 갖게 되었다. 열여섯 살 때 라이프치히 대학에 입학해 법학을 공부했고 재학 중 연애경험을 통해 희곡 〈애인의 변덕〉, 〈공범자〉를 발표했다. 귀향 후 또 다른 연애를 통해 신앙에 접했고 신비과학과 연금술에도 관심을 가졌다. 1770년 스트라스부르 대학에서 법학박사 학위를 취득, 헤르더와 만나면서 문학에 전념한다. 1771년 고향에서 변호사를 개업했지만 문학에 더욱 정진해 1773년 희곡 〈괴츠 폰 베를린힝겐〉과 〈클라비고〉, 〈스텔라〉, 그리고 소설 《젊은 베르테르의 슬픔》을 발표했다.

1775년 당시 열여덟 살이었던 바이마르 공화국의 카를 아우구스트의 초청으로 약 10년 간 추밀참사관, 추밀고문관, 내각수반을 역임하며 광물학, 식물학, 골상학, 해부학 등의 연구에 매진, 정무와 자연연구를 통해 자연과 인생을 지배하는 법칙을 터득하고 자기 억제를 배워나갔다. 그리고 괴테의 이상적 여인이었던 샤를로테 폰 슈타인 부인과의 정신적 교류도 지속했다. 이러한 정서 함양은 희곡 〈타우리스 섬의 이피게니에〉, 〈타소〉, 〈인간성의 한계〉 등의 작품으로 창조되었다. 그 후 이탈리아 여행을 통해 《이탈리아 기행》과 1829년 《제2차 로마 체재》를 발표, 남국의 밝은 자연과 고미술에 대한 경험을 독일 고전주의 문학으로 완성시켰다. 귀국 후 크리스티아네 불피우스와 동거를 시작, 장남 아우구스트를 낳았으나(1789년) 그해 7월 프랑스

혁명이 일어나자 아우구스트 공을 따라 프랑스로 종군, 발미전투와 마인츠 포위전에 참가했다.

1794년 처음으로 만난 괴테와 실러는 1805년 실러가 사망할 때까지 친교를 유지하며 독일 고전주의 문학을 완성하는 데 협력했다. 그동안에도 괴테의 작품 활동은 이어져서 《빌헬름 마이스터의 수업시대》, 〈헤르만과 도로테아〉를 발표했다. 실러의 사후에는 《친화력》, 《빌헬름 마이스터의 편력시대》, 《파우스트 Faust》 등을 완성시켰고, 《서동시집》(1819년), 《마리엔바트의 애가》(1823년), 자서전 《시와 진실》을 집필했다.

괴테와 실러 동상
독일 바이마르

백조
白潮

1922년 1월 9일 창간된 낭만주의 문학동인지.

편집인은 홍사용, 발행인은 H.G. 아펜젤러. 경성문화사에서 발행했으며 동인으로는 홍사용, 박종화, 현진건, 이상화, 나도향, 노자영, 박영희, 안석영, 원우전, 이광수, 오천석 등이 있다.

3호에 조선 프롤레타리아 예술가 동맹, **KAPF**의 실질적 지도자였던 김기진이 참여하기도 했지만, 근본적으로 한국 근대 낭만주의의 화원(花園)으로 일컬어질 정도로 국내 낭만주의 문학의 터전이었다. 하지만 아쉽게도 통권 3호로 종간됐다.

제1호에 월탄 박종화의 시 〈밀실密室로 가다〉를 비롯해 이상화의 〈말세의 희탄欷嘆〉, 나도향의 소설 〈젊은이의 시절〉이 수록되었고, 1922년 5월에 간행된 제2호에는 나도향의 소설 〈별을 안거든 우지나 말걸〉, 현진건의 〈유린蹂躪〉, 회월 박영희의 시 〈꿈의 나라로〉, 노작 홍사용의 〈봄은 가더이다〉, 월탄 박종화의 〈흑방비곡黑房悲曲〉이 실렸다. 다음해인 1923년 9월에 간행된 제3

호에는 이상화의 〈나의 침실로〉, 홍사용의 〈흐르는 물을 붙들고서〉, 〈나는 왕이로소이다〉, 〈그것은 모두 꿈이었지마는〉, 나도향의 〈여 이발사〉, 박종화의 〈목 매이는 여자〉와 〈죽음보다 아프다〉 등이 실려 있다.

이들 작품은 3·1운동의 실패에 대한 절망이 반영되어 있으며 회의적 낭만주의 성격이 강하게 나타나 있다.

〈백조〉의 표지

〈백조〉 발행인 아펜젤러

## 010

조선 프롤레타리아 예술가 동맹, KAPF

Korea Artists Proletariat Federation

1925년 8월에 결성된 사회주의 문학단체.

신경향파를 기반으로 한 카프는 계급의식에 입각한 **프롤레타리아** 문학을 주장했다.

1923년을 전후해 사회의식을 강조하며 등장한 신경향파 문학은 크게 이적효, 이호, 김홍파, 김두수, 최승일, 심훈, 김영팔, 송영 주축의 문학 단체 '염군사焰群社'와 박영희, 안석영, 김형원, 이익상, 김기진, 김복진, 이상화, 연학년 주축의 '파스큘라PASKYULA'으로 대표된다.

염군사는 1922년 9월 으로 조직된 최초의 프로문화단체로서 문학에 국한하지 않은 광범한 문화운동을 내세운 좌익 문학청년 집단이었고, 파스큘라는 무산계급 문학운동의 한 단체이지만 집단의 성격을 띠고 무산계급 운동에 정치적인 행동으로 가담하고자 한 염군사와는 달리 애초부터 문인들의 집단이었다. 그러다 신경향파 문학운동이 점차 활기를 띠어감에 따라 계급의식을 내세운 이념적인 공통성에 기반, 두 집단은 1925년 8월 단일조직으로 합동해 '조선 프롤레타리아 예술가 동맹', 즉 'KAPF'를 결성한다. 카프는 파스큘라 문인들이 중심이 되어 종래의 신경향파 문학을 뚜렷한 목적의식에 기초를 둔 계급문학으로 방향을 전환하게 만들었다. 대표 작가로는 최서해, 조명희, 이기영, 한설야 등이 있다.

카프 대표 문인 이상화

카프는 준기관지 〈문예운동文藝運動〉을 발간해 사상을 전파하면서 개성과 원산, 도쿄 등에 10여 개의 지부와 200여 명의 회원을 갖춘 조직으로 성장했다. 또 계급성을 강조하는 박영희와 형식의 중요성을 주장하는 김기진 사이의 논쟁과 1929년 소장

카프의 소장파 임화

파 임화와 김남천 등을 중심으로 한 '예술운동에 있어서 볼셰비키화로 치우치는 것을 척결하자'는 방향 정비를 통해 재정비되었다.

카프는 영화 〈지하촌地下村〉의 제작을 주도하는 과정에서 1931년 1차에서 70여 명이 검거, 1934년 2차에서 80여 명이 검거되는 등 일제의 강화된 탄압과 조직 내부의 갈등으로 인해 1935년 5월 공식적으로 해체되었다.

## 011

프롤레타리아
Proletariat

임금노동자 계급.

고대 로마의 프롤레타리우스proletarius에서 파생된 말로 무산계급無産階級이라고도 한다. 일반적으로 사회적 하위 계급을 일컫는다.

어원인 프롤레타리우스는 로마제국 시절 정치적 권리나 병역의무도 없고 자신들의 아들proles 이외에는 그 어떤 부를 소유하지 못한 무산계급들을 비하하는 의미로 사용되었는데, 그 후 카를 마르크스가 사회학적인 용어로 도입했다.

마르크스는 자신의 저서 《자본론》을 통해 프롤레타리아를 "자기 자신의 생산 수단을 갖고 있지 않아 살기 위해 부득이 자신의 노동력을 판매해야 하는 현대 임금 노동자"로 정의한다.

한편 프롤레타리에 대응하는 용어로는 '성 안의 사람'이라는 뜻을 가진 프랑스어에서 유래한 부르주아bourgeois와 부르주아지bourgeoisie가 사용된다.

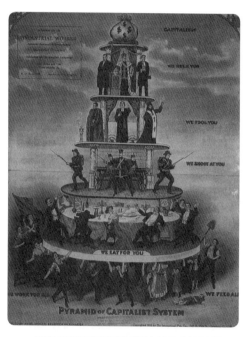

국제노동조합 IWW 기관지 〈산업 노동자〉에 실린 삽화

## 012

자본론
Das Kapital(資本論)

카를 마르크스가 자본주의 경제의 구조를 분석해 집필한 저서.

'사회주의의 바이블'로 평가되고 있다. 원 제목은 '자본: 정치경제학 비판Das Kapital: Kritik der politischen Öeconomie'이다.

마르크스가 직접 출간한 것은 제1권(1867년)뿐이며 사후 엥겔스에 의해 제2권(1885년), 제3권(1894년)이 간행되었다. 오늘날 《자본론》은 위의 3권을 지칭한다. 제4권은 1905년부터 1910년까지 카우츠키가 편집해 《잉여가치학설사Theorien über den Mehrwert》로 간행되었고, 1956년부터 1962년까지 동독의 '마르크스-레닌주의 연구소'에 의해 속편들이 포함되어 재간행되었다.

마르크스는 사회계급을 '생산수단을 소유한 자본가와 노동력을 착취당하는 프롤레타리아로 구분하고 노동자가 생산한 잉여가치를 자본가가 독점한다고 비판했다. 이를 극복하기 위해 자본가들이 소유한 생산수단을 사회적으로 공유, 궁극적으로 착취와 계급이 없는 사회를 주창했다.

그러나 원래 《자본론》은 마르크스의 경제학 비판을 주축으로 한 것도 아니고 체계적·논리적 구성의 전개도 아니었다. 그럼에도 불구하고 E.베른슈타인, 카우츠키, 힐퍼딩, 룩셈부르크, 레닌 등의 여러 해석과 이론적 논쟁의 실마리가 된 것만큼은 부인할 수 없는 업적이다.

《자본론》의 시작은 '자본의 상품 분석'에서부터다. '자본주의 사회의 세포와 같은 상품 속에 사회적 모순이 집약되어 있다'고 정의한 까닭인데, 단순하고 추상적인 개념에서 시작해 보다 복잡하고 구체적인 범주의 논리를 전개하고 있다. 특히 제1권은 상품, 화폐, 자본, 잉여가치의 생산과정, 자본주의적 축적을, 제2권은 자본순환의 형태, 자본의 회전, 사회총자본의 재생산과정을, 제3권은 생산가격, 이윤, 이자, 토지 등 형태의 잉여가치가 어떻게 모든 계급에게 분배되는지를 분석함과 아울러 자본주의 사회의 계급들을 정의하고 있다.

카를 하인리히 마르크스

Karl Heinrich Marx

## 013

독일의 경제학자, 정치학자(1818.5.5~1883.3.14).

엥겔스와 경제학을 연구해 발표한 논문 〈독일 이데올로기Die Deutsche Ideologie〉를 통해 유물사관을 정립했으며, 〈공산당선언〉을 발표해 각국 혁명에 불을 지폈다.

독일 라인 주 트리어에서 유대기독교 가정의 7남매 중 셋째로 태어났다. 아버지는 계몽주의파 변호사였고 어머니는 네덜란드 귀족 출신이었다. 1830년에서 1835년까지 트리어김나지움을 거쳐 1835년 본 대학에 입학해 그리스와 로마의 신화, 미술사를 공부했다. 그 후 1836년 베를린 대학에 입학해 법학, 역사, 철학을 공부했다. 당시 독일의 철학계의 선두주자였던 **헤겔**의 철학을 접한 후 헤겔을 근간으로 하면서도 헤겔의 절대정신을 비판하는 신학강사 B.바우어 주축의 헤겔좌파, 즉 좌파청년헤겔파와 교류하면서 무신론적 급진 자유주의자로 변해갔다.

1841년 에피쿠로스 철학에 관한 논문으로 예나 대학에서 박사학위를 받았고, 1842년 1월에는 새로 창간된 급진적 반정부 신문인 〈라인 신문〉에 기고를 시작으로 그해 10월에 편집장이 되었다. 그 후 경제학 연구를 시작했는데, 급진좌파운동에 대한 탄압으로 〈라인 신문〉이 강제 폐간되자 프로이센 귀족 출신의 예니와 결혼한 후 파리로 옮겼고, 그곳에서 엥겔스와 재회했다. 1844년에는 《경제학, 철학 초고》와 《헤겔 법철학 비판 서설》을, 1845년에는 엥겔스와 공동으로 《신성가족》과 논문 〈독일 이데올로기〉를, 1847년에는 프로동의 《빈곤의 철학》을 비판한 《철학의 빈곤》과 함께 런던의 공산주의자동맹에 엥겔스와 가입해 〈공산당 선언Manifest der Kommunistischen Partei〉을 집필, 발표했다.

1848년 2월 파리에서 시작된 혁명이 이탈리아, 오스트리아 등으로 파급됨에 따라 브뤼셀, 파리, 쾰른 등지에서 혁명에 참가했다가 추방되자 런던으로 망명, 1850년에서 1864년까지 고립된 생활을 했는데, 1851년에는 미국의 〈뉴욕 트리뷴〉지 유럽통신원으로 활동하기도 한다. 이후 1859년 경제학 이론에 대한 최초의 저서 《정치경제학비판A Contribution to the Critique of Political Economy》을 출간하면서 유명한 유물사관을 공식 발표했고, 1867년 함부르크에서 드디어 《자본론》 제1권을 출간했다.

1881년 아내가 죽고 1883년 큰딸의 자살 후 충격과 우울증에 빠져 지내다 1883년 3월 14일 엥겔스가 지켜보는 가운데 예순네 살을 일기로 생을 마감했다.

게오르크 빌헬름 프리드리히 헤겔

Georg Wilhelm Friedch Hegel

독일 철학의 관념론을 완성시킨 형이상학자 (1770.8.27~1831.11.14).

예나 대학교, 하이델베르크 대학교, 베를린 대학교의 교수로 활동했다. 헤겔 철학은 절대적 관념론에 근간을 두고 있으며 피히테J. G. Fichte의 주관적 관념론과 셸링의 객관적 관념론을 통합해 체계적으로 완성시켰다.

독일 슈투트가르트에서 태어났다. 1788년 뒤빙겐 대학교 신학과를 나와 1801년 예나 대학에서 강사로 활동했다. 초기에는 셸링의 영향을 많이 받았으나 1807년 《정신현상학》을 발표하면서 독자적 입장을 굳혔다. 나폴레옹 군대의 침공으로 예나 대학이 폐쇄되었을 때는 밤베르크에서 신문 편집에 종사했고, 이어서 뉘른베르크 김나지움의 교장이 되었다. 10년 후인 1816년에는 하이델베르크 대학 교수로 취임해 《철학의 백과사전 Enzyklopadie der Philosophischen Wissenschaften im Grundrisse》을 발표했고, 1818년에는 프로이센 정부의 초청으로 베를린대학 교수가 되어 마지막 주저 《법철학 강요Grundlinien der Philosophie des Rechts》를 발표했다. 1831년 콜레라에 걸려 사망했다.

헤겔은 《정신현상학Phänomenologie des Geistes》에서 절대자의 자기인식과 절대자의 생성 과정을 기술, '사고와 존재의 완전한 동일성'을 주창했다. 즉, 이성적인 것만이 현실적이며, 현실적인 것은 반드시 이성적이어야 한다는 것을 전제로 절대자가 자기를 자각하는 과정이 변증법이며 정립, 반정립, 종합의 3단계를 통해야 한다고 역설했다.

헤겔의 철학체계는 논리학, 자연철학, 정신철학의 세 부분으로 나뉘며 자연, 역사, 정신의 운동과 변화, 발전 과정을 분석하고자 했다. 그의 철학은 후에 마르크스와 **키에르케고르**에 의해 변증법적 유물론과 실존주의로 발전되었다.

헤겔의 《정신현상학》 초판 표지

쇠렌 키에르케고르
Soören Aabye Kierkegaard

덴마크의 종교 사상가(1813.5.5~1855.11.11).

실존주의의 선구자 중 한 사람으로 코펜하겐 대학에서 신학을 공부했다.

덴마크의 수도 코펜하겐의 부유한 집안에서 태어났으나 아버지와의 불화, 연애의 실패 등으로 자살을 시도하는 등 정신적으로 고통을 받았다. 그러나 많은 저작 활동을 하면서 명성을 얻었다. 1855년 마흔두 살 때 거리에서 쓰러진 후 병원 생활을 하다 결국 사망했다.

1849년의 덴마크는 절대왕정으로부터 입헌군주제로

옮겨가는 중이었다. 즉 자유주의와 민주주의가 싹트고 있었던 것이다. 이런 시기에 키에르케고르는 자신의 반성에 의해 삶의 태도와 주체적 진실을 추구하는 실존적 삶의 사상적 체계를 구축했다. 이를 바탕으로 미적 실존과

윤리적 실존을 부정하고 종교적 실존을 이상향으로 삼았다.

또한 키에르케고르는 자유주의와 민주주의가 실존적 자아를 잃게 한다고 주장하며 이를 강력히 반대했고, 아울러 교회의 권력을 비판하며 독자적 신앙을 주장했다. 그의 사상은 20세기에 들어 **실존주의**가 등장하면서 니체와 함께 주목받았다.

016 실존주의
Existentialisme(實存主義)

19세기의 합리주의적 관념론과 실증주의에 대한 비판으로 탄생한 철학적 사조.

키에르케고르, 야스퍼스, 하이데거, 마르셀, 사르트르, 메를로퐁티 등으로 대표되지만 엄밀한 의미에서 실존주의자는 야스퍼스가 유일하다. 하이데거는 실존주의적 주장을 '현상학적 존재론'으로 칭했고, 사르트르는 문학적 실존주의를 강조했다.

키에르케고르는 진리를 객관적, 합리적인 것이 아니라 개별적, 주체적인 것으로 정의했다. 또 인간을 고독한 단독자로서 자기 자신의 존재를 자각함으로써 선택을 하는 주체적 존재라고 주장했다. 그런 측면에서 실존은 현실 존재이고 개별적인 '나'를 의미한다. 그러나 내면적 현실로서의 주체적 실존이어야만 한다는 전제조건을 통해 실존을 진실존재眞實存在로 정의했다. 따라서 실존은 현실세계뿐만 아니라 관념적·이상적 세계에서도 안주할 수 없는 불안과 고뇌의 존재이며, 그로부터 초월하는 것을 추구한다고 보았다.

실존철학은 크게 키에르케고르, 야스퍼스, 마르셀 등의 유신론적 실존철학과 하이데거, 사르트르, 메를로 퐁티 등의 무신론적 실존철학으로 구분된다. 특히 사르트르의 실존주의는 하이데거의 영향을 받았으면서도 사회적인 특징을 갖고 있다. 그는 인간적 실존의 특징을 '존재가 본질에 선행한다'는 정의 아래 "인간이 주체적 존재로서 근본적으로 자유이지만 매우 불안한 존재이므로 주체적 존재로서의 개념이 중요하다."고 했다. 아울러 인간을 보증하는 것은 인간밖에 없다고 정의함으로써 '실존주의는 휴머니즘'이라고 강조했다.

여러 양상을 나타내고 있지만 실존주의의 요점은 근대의 관념론과 합리주의가 넘지 못한 철학적 한계를 극복해 인간을 주체적인 존재로 정의하려는 경향이라 할 수 있다.

한국 역시 한국전쟁을 겪은 후 실존주의의 영향을 받았다. 〈현대문학〉, **〈사상계〉** 등 당시 많은 문예지를 필두로 전후 소설의 형식과 내용을 변화시키는 데 공헌했다. 이는 서사구조가 파괴되고, 한계상황과 인간심리에 대한 묘사가 치밀해지는 결과를 낳았다.

실존주의 철학자들

1. 카를 야스퍼스Karl Jaspers

독일의 철학자(1883.2.23~1969.2.26).
하이데거와 함께 독일 실존철학을 창시
했다.

올덴부르크에서 태어나 처음에는 법학
을 배웠으나 의학, 정신분석학, 심리학
을 차례로 거쳐 철학을 연구했다. 1913년에 하이델베르크 대
학에서 심리학 교수 자격을 획득하고 1921년에 철학 정교수가
되었다가 나치에 의해 1928년에 교수직에서 추방, 1945년 이
후 복직되어 대학의 부흥을 위해 노력했다.

야스퍼스는 《정신병리학총론》(1913)을 통해 사고의 원천을 정
신병리학에서 찾았고, 근대 실존철학의 최초의 서적이라 일컬
어지는 《세계관의 심리학Psychologie der Weltanschauungen》
(1919)을 통해 인간이 죽음에 직면한 상황을 비교, 분석하면서
'한계상황限界狀況'에 대한 사상적 발전을 보였다.

야스퍼스에 의하면 '한계상황'이란 죽음, 고뇌, 우연, 죄책감, 투

쟁 등 인간이 회피할 수 없으면서도 이것에 의해 자신의 실존 앞에 마주 서게 되는 궁극적 상황이다. 따라서 인간은 이 상황에 직면하게 되면 자기 실존의 참된 의의를 드러내고 과학적 견해에서 벗어난 실존 그 자체에 직면할 뿐만 아니라 신神에 대한 참된 경험도 하게 된다고 설명한다.

1948년에는 스위스의 바젤 대학으로 옮긴 후 1961년 정년퇴직을 할 때까지 《철학의 논리학》, 《위대한 철학자들》과 같은 철학서 외에도 《전쟁죄책론》, 《대학의 이념》, 《니체와 그리스도》 등 사회, 정치, 종교 등 다양한 부분에 관심을 피력, 현대 서구 세계의 대표적 지식인이 되었다.

2. 마르틴 하이데거 Martin Heidegger

독일의 철학자(1889.9.26~1976.5.26).

메스키르히에서 출생했다. 실존주의를 대표하는 철학자로 알려진 것과는 대조적으로 본인은 그러한 칭호를 거부한 것으로 알려져 있다. 1923년 마르부르크 대학, 1928년 프라이부르크 대학 교수를 지냈는데 독일 민족의 이상이 실현될 수 있는 가능성을 나치즘에서 발견, 히틀러 집권 시기 나치당에 입당해 나치를 지지하는 발언을 자주함으로써 학문적 동지들과 관계가 소원해지기도 했다.

하이데거 철학은 크게 존재와 시간을 중심으로 하는 전기 철학과 그 이후의 후기 철학으로 나뉜다. 그의 대표작인 《존재와 시간Being and time》(1927)은 후설의 현상학, 아리스토텔레스의 존재론, 딜타이의 생의 철학 등을 바탕으로 독자적인 철학을 개척, 현존재의 존재 의미를 탐구하는 실존론적 철학을 수립했다. 1976년 고향에서 조용히 눈을 감을 때까지 《존재와 시간》을 비롯해 《숲길》, 《사물에 관한 물음》, 《횔덜린 시의 해명》, 《사유란 무엇인가》, 《사유의 경험으로부터》 등 무려 80여 권의 책을 썼다.

3. 장폴 사르트르Jean-Paul Charles Aymard Sartre

프랑스 실존주의 철학자이자 작가(1905.6.21~1980.4.15).

1964년 노벨 문학상 수상자로 결정되었으나 수상을 거부한 탓에 더 유명해졌다.

1905년 프랑스 파리, 해군 장교의 아들로 태어났다. 두 살 때 아버지를 여의고 어머니와 함께 노벨 평화상을 받는 알베르트 슈바이처의 백부이자 소르본 대학의 독문과 교수였던 엄격한 외할아버지 샤를 슈웨체르Charles Schweitzer 집에서 열 살 때까지 지냈다. 1915년 그는 명문 중고등학교를 거쳐 1924년 국립사범학교인 에콜 노르말 쉬페리에르에 입학, 철학, 사회학, 심리학을 전공했다. 이 시기 사르트르는 평생의 연인 시몬 드 보부아르 외에도 레몽 아롱과 메를로퐁티를 만난다. 대학 졸업 후에는 군 입대와 고등학교 교사 생활을 하다가 베를린으로 유학, 후설의 현상학을 깊이 연구했다. 파리로 돌아온 후 다시 교직 생활을 하면서 문학 작품을 쓰기 시작해 단편 〈벽Le mur〉과 소설 《구토La nausée》를 출판함으로써 문학계에 이름을 알린다. 제2차 세계대전 시 독일군에 포로가 되었다가 탈출한 후 대독저항운동단체를 조직해 활동하면서 알베르 카뮈와도 알게 된다.

1943년 《존재와 무L'Être et le néant》 이후 철학자로서의 지위를 굳히는 한편 소설, 평론, 희곡 등 다채로운 문필 활동에 종사. 1973년 갑작스러운 실명으로 집필을 중단할 때까지 소설 《자유에의 길》, 플로베르 평전 《집안의 바보》, 희곡 〈파리 떼〉, 〈무덤 없는 사자死者〉, 〈공손한 창녀〉, 〈더러운 손〉, 〈악마와 신〉, 〈네크라소프〉, 철학서 《변증법적 이성비판》 등 수많은 작품들을 내놓았다.

그는 《실존주의는 휴머니즘이다》라는 책에서 자신의 실존주의 사상을 다음과 같이 설명한다.

"도구와 같은 존재에 있어서는 본질이 존재에 앞서지만, 개별적 단독자인 실존에 있어서는 존재가 본질에 앞선다. 인간은 우선 실존하고 그 후에 스스로 자유로운 선택과 결단의 행동을 통해 자기 자신을 만들어나간다."

사상계

思想界

1953년 4월에 창간한 월간 종합교양지.

일제 강점기의 독립운동가이자 대한민국의 정치가, 언론인, 사회운동가였던 장준하張俊河가 문교부 기관지인 〈사상〉을 인수해 창간했다. 창간호 3,000부가 발간과 동시에 매진되는 등 식자층으로부터 폭넓은 인기를 끌었다. 남북통일 문제 및 노동자 문제 등 당시로서는 **공산주의**자로 몰리기 쉬운 논쟁에서부터 시, 소설 등의 문학작품까지 폭넓은 분야의 글을 실었다.

1960년 11월호 〈사상계〉 표지

또 1960년부터는 신인문학상을 통해 많은 문인들을 등단시켰는데, 시인 허의령, 신중신, 강은교 등과 소설가 서정인, 황석영, 이청준 등이 〈사상계〉를 통해 등단했다.

1960년 이후 5·16 군사정변으로 정권을 탈취한 박정희 정권에 맞서 싸우는 양심 세력의 대변자 역할을 자처한 〈사상계〉는 이를 이유로 정치 탄압의 대상이 되면서 경영난에 허덕이다가 1970년 5월 마침내 김지하의 〈오적〉을 실었다는 이유로 폐간 처분을 당했다. 여러 차례의 복간 시도에도 불구하고 뜻을 이루지 못했는데, 1998년과 2000년 등에 잠시 복간되기도 했다.

유신에 반대하다 의문사 당한 〈사상계〉의 발행인 장준하

## 018

# 공산주의
Communism(産主義)

생산재의 공공 소유에 기반한 무계급·무국가 사회 조직에 관한 이론, 또는 그러한 체제를 목표로 삼는 다양한 정치 운동.

공산주의의 라틴어 'communis'는 '함께 소유하고 함께 생산한다'는 의미를 가지고 있는데, 19세기 유럽의 급속한 산업화와 함께 논의되기 시작한 사회주의 정치 사상에 그 기원이 있다. 특히 마르크스와 레닌의 사상에 근접한 일련의 분파들이 20세기 초 이후 국제 정치계에서 강력한 세력으로 등장했기에 특별한 주목을 받았다.

마르크스주의에 따르면 공산주의 체제의 형성은 자본가 계급과 노동자 계급 사이의 계급투쟁의 최정점으로 자본주의 생산 방식에서 공산주의 생산 방식으로 전환하기 위해서는 이른바 '프롤레타리아 독재' 또는 '프롤레타리아 민주'라 불리는 과도기적 기간이 불가피하다.

한편 '공산주의'라는 용어는 공산당 체제 하에 있는 정치·경제적 사회를 일컫는 말로 흔히 사용되는데, 19세기 중엽까지만 해도 사회주의와 거의 같은 개념으로 사용되었다. 그런 것을 마르크스가 혁명적 사회주의를 개량주의적 사회주의와 구별하기 위해 '공산주의'라고 지칭했다. 이후 레닌은 프롤레타리아 혁명에 의해 수립되는 사회주의 정권은 반드시 프롤레타리아트의 독재정권이 되어야한다고 주장했고, 그에 따라 프롤레타리아트의 독재를 거부하는 사회주의는 결코 사회주의로 인정하지 않는 전통을 세웠다. 결국 사회주의자는 민주주의자와 마찬가지로 공산주의자와 전혀 별개의 의미가 되었다.

아무튼 볼셰비키 혁명으로 소련이 탄생한 이후 동유럽의 많은 국가들이 정치체제를 공산주의로 바꿔 미국을 중심으로 하는 자유주의와 대립했다. 그러나 경제적 타격을 입기 시작하면서 소련이 시장경제를 도입하고 이어서 연방을 해체하자 유럽 공산국가들도 차례로 이전의 공산주의를 버리기 시작했다. 결국 프롤레타리아에 의한 혁명으로 세워진 프롤레타리아트의 독재정권이 자리를 잡으면 보다 높은 생산력을 바탕으로 '능력에 따른 노동과 필요에 따른 분배'가 이루어지는 진정한 공산주의사회가 건설될 것이라는 정통 공산주의자들의 주장은 점차 힘을 잃어가고 있다.

한편 공산주의는 **《국부론》**의 저자 애덤 스미스가 주장한 자유방임의 것과는 근본적으로 상이한 경제체제를 추구한다.

## 019

국부론
The Wealth of Nations

자유방임주의를 표방한 최초의 경제학 저서.

애덤 스미스가 1776년에 완성했다. 원제는 '국부의 성질과 원인에 관한 연구An Inquiry into the nature and cause of the Wealth of Nation'로 1759년에 완성된 《도덕감정론The Theory of Moral Sentiments》에 포함된 〈경제학〉을 발전시킨 것이다.

5편 32장으로 구성되어 있는 이 책의 제1편과 제2편은 오늘날 경제학의 고전학파 경제이론으로 일컬어지고 있다. 제1편은 분업론(1~3장), 화폐론(4장), 가치론 및 가격론(5~7장), 분배론(8~11장) 등으로 구성, 노동생산력 개선방법과 노동생산물이 각 계급에 분배되는 질서에 대해 서술한다. 자본의 분류(1장), 화폐이론(2장), 자본의 축적과 노동과의 관계(3장), 이자이론(4장), 자본의 용도(5장)로 구성된 제2편은 자본의 성질, 축적 및 사용에 대한 설명을 주제로 한다. 총 4장으로 구성된 제3편은 로마 몰락 이후의 유럽 경제사를 다루면서 유럽 국가들의 국부의 성장을 비교하고 있고, 제4편은 경제학의 체계, 즉 중상주의와 중농주의 학파에 대한 비판을 주로 다루고 있다. 재정학을 다루고 있는 제5편은 경비론(1장), 조세론(2장), 공채론(3장)으로 구성되어 있다. 특히 조세론 중 조세부과의 4원칙, 즉 공평성, 확실성, 편의성, 최소성의 기본원칙은 조세론을 발전시키는 데 큰 영향을 주었다.

스미스는 이 책을 통해 "부의 원천은 노동이며, 부의 증진은 노동생산력의 개선을 통해 가능하다."고 주장했다. 아울러 생산의 기초는 분업(分業)이라고 했다. 그는 분업과 기계 설비를 위해서는 자본의 축적이 필수적이고, 자유경쟁에 의한 자본축적이 국부 증진의 정도이며, 중세에는 이기심을 천한 것으로 치부했지만 인간의 행복을 실현하기 위해서는 이기심만이 비능률과 불합리를 제거하는 유일한 요소라고 역설했다. 즉, 이기심은 신(神)의 선물이며 국부의 원동력이라는 것이다. 또 "개인의 경제적 이익추구가 '**보이지 않는 손**'의 작용에 의해 국부의 증진과 생산력 향상으로 이어지며 '보이지 않는 손'은 경쟁을 나타내는 것으로서 경제체제를 이끄는 힘으로 작용한다."고 주장했다.

보이지 않는 손
Invisible hand

영국의 고전파 경제학자인 애덤 스미스가 저서《도덕 감정론》과《국부론》에서 각각 한 번씩 사용한 말.

애덤 스미스의 보이지 않는 손의 개념은 경제학적 의미를 내포한 것이다. 그는 보이지 않는 손의 개념을 자연적 자유체제의 주장과 결부시켜 중상주의적 통치원리를 부정하고 있다. 개인의 자본에 대한 선택이 사회 전체의 이익과 일치된다고 정의하는 '보이지 않는 손'은 자유경쟁시장에서의 자율성을 표현한 것이다.

한편 애덤 스미스에게 신神은 보이지 않는 손을 이용하여 사물의 규칙적 운행을 정지시키거나 교란시키는 존재로서 그리스도교의 신과는 역전적逆轉的 위치에 있다.

애덤 스미스
Adam Smith

스코틀랜드 출신의 정치경제학자이자 윤리철학자
(?~1790.7.17).

고전경제학의 창시자로 일컬어진다. 스코틀랜드 북부
커콜디에서 유복한 집안의 아들로 태어난 그는 1737년
글래스고 대학에 입학해 철학교수인 해치슨의 영향을
받았고, 1740년부터 1746년까지 옥스퍼드 대학교 밸리
올 칼리지에서 수학한 후 1751년 글래스고 대학의 교수
가 되었다. 해치슨 후임으로 철학 강의를 하며 인간 행
위의 타당성을 제3의 객관적 시각으로 관찰하자는 내용
을 담은 《도덕감정론》(1759)을 발표해 명성을 떨쳤다.

1764년부터 2년 동안 바클루 공작의 개인교사로서
프랑스 여행을 하며 볼테르와 케네, 튀르고 등과 교류,
케네로부터 경제학의 이론적 영향을 받았고, 귀국 후 커
콜디에서 《국부론》을 집필, 1776년에 발표했다. 또 글래
스고 대학에서 했던 강의 내용이 《글래스고 대학 강의》
란 제목으로 그의 사후인 1798에 출간되었는데, 도덕철
학을 비롯해 법학, 경제학 분야의 내용을 담고 있다.

말년에 '경제학의 아버지'로 불린 애덤 스미스는 《국부론》을 통해 경제학을 이론, 역사, 정책에 도입해 체계적 과학으로 발전시켰다. 아울러 **중상주의**를 비판하면서 '부는 금과 은 같은 귀중품이 아닌 모든 생산물'이라고 규정하고, '노동의 생산성 향상이 부의 증대'라고 정의하면서 생산에서의 분업을 중시했다.

애덤 스미스의 말년은 행복했다. 에든버러 왕립협회 창립회원에 선출되고 글래스고 대학 학자 중 최고직인 '렉터'에 재임하는 등 학자로서 최고 영광을 누리다가 1790년 7월 17일 에든버러의 자택에서 세상을 떠났다.

022 중상주의
Mercantilism(重商主義)

근대 자본주의가 확립되기 전 원시적 축적과 정책의 근간이 된 이론 체계.

중상주의는 초기 산업자본을 위해 국내시장을 확보하고 국외시장을 개척하는 보호주의 제도라고 요약할 수 있다. 이를 위해 각 국은 외국산 완제품의 수입 금지, 외국산 원료 수입 장려, 국산품의 수출 장려, 국내 원료의 수출 금지 등의 조치를 취했다. 한마디로 국내 산업의 보호와 해외 식민지 건설을 목적으로 한 경제정책들을 가리킨다. 이 제도는 봉건제의 붕괴 후 산업자본이 등장한 **명예혁명**(1688년)부터 약 100년간 지속되었다.

중상주의는 자본의 이익이 유통에서 비롯된다고 정의함으로써 귀금속을 부의 근원적 형태라고 여겼고, 무역을 통해 이익을 극대화하고자 했다. W. 페티의 노동가치설이나 D. 데포의 자유무역론 등이 고전학파의 중상주의를 대표하는데 프랑스에선 콜베르티슴Colbertisme으로, 신성로마제국의 독일에서는 관방주의官房主義로 불렸다. 중상주의는 시민혁명에 의해 해체되었고, 애덤 스미스의 《국부론》에 의해 이론적으로 붕괴되었다.

명예혁명
Glorious Revolution(名譽革命)

1688년 영국에서 일어난 무혈혁명.

의회와 네덜란드에 있던 메리의 남편 오렌지 공작 윌리엄이 연합해 구교 부활정책과 전제주의를 강행하려 한 국왕 제임스 2세를 퇴위시킨 후 오렌지공 윌리엄이 잉글랜드의 윌리엄 3세로 즉위한 사건이다. 무혈혁명이란 무력충돌 없이 이루어진 혁명이라는 의미다. 그러나 아일랜드와 스코틀랜드에서 수차례 무력 충돌이 있었고, 잉글랜드에서조차 두 차례나 충돌이 있었다. 또한 여러 도시에서 로마 가톨릭에 반대하는 봉기가 있었다. 그럼에도 불구하고 이 혁명이 무혈혁명이라 불리는 이유는 1685년에 있었던 몬머스 반란에 비해 희생자가 매우 적었기 때문이다.

한편 명예혁명은 왕권과 의회의 항쟁에 결말을 짓고 영국 의회 민주주의를 출발시켰다. 이후 어떠한 영국의 왕조도 의회를 무시하는 무소불위의 권력을 행사할 수는 없었다. 또한 당시 작성된 1689년 **권리장전**은 영국의 역사에서 매우 중요한 위치를 점하고 있다.

명예혁명의 소용돌이 속의
주인공들

1. 제임스 2세James II

영국 스튜어트 왕조의 왕(1633.10.14~1701.9.16).
찰스 1세의 차남이자 찰스 2세의 동
생으로 영국 역사상 마지막 가톨릭
교도 국왕이다. 1641년부터 1653
년까지 지속된 잉글랜드 내전의 결
과 아버지 찰스1세는 처형되고 형 찰

스 2세와 더불어 추방당했다가 1660년 크롬웰이 실각하고 왕
정이 복고되면서 돌아왔다. 형 찰스 2세 사후 왕위를 이어받자
가톨릭의 부활과 전제정치 강화를 내세우는 등 각종 정치적 행
보를 이어나갔다. 이에 종교개혁 전통을 강조하는 개신교 신도,
즉 청교도들이 대부분인 의회와 갈등을 겪는다. 결국 의회가 네
덜란드에 있던 윌리엄에게 군사를 이끌고 올 것을 촉구, 윌리엄
이 영국 땅에 도착한 때 프랑스로 망명했다. 그 후 루이 14세의
원조를 받아 아일랜드에 상륙하기도 했지만 참패하고, 프랑스
에서 생을 마감했다.

2. 메리 2세 Mary II

잉글랜드 · 스코틀랜드 · 아일랜드 왕국의 여왕(1662.4.30~1694.12.28). 제임스 2세의 장녀다.

개신교 신자로서 교육받고 1677년 네덜란드의 오렌지 공작 윌리엄과 결혼했다.

아버지 제임스 2세의 가톨릭의 부활과 전제정치 강화 정책에 반대했고, 이에 국민은 개신교 신자인 메리를 새로운 왕으로 삼으려 했다. 1688년 마침내 의회의 지도자들은 메리와 남편을 왕으로 추대했다(명예혁명). 또한 의회는 메리 여왕과 윌리엄 공에게 의회와 인민의 권리를 굳게 지킬 것을 약속하게 했다(권리장전). 이들은 메리 2세, 윌리엄 3세가 되어 함께 나라를 다스렸다.

3. 윌리엄 3세 William III

영국 스튜어트 왕조의 왕 겸 네덜란드 총독(1650.11.14~1702.3.19).

네덜란드 빌렘 2세와 영국 찰스 1세의 딸 메리의 아들이다. 오렌지 공작, 나사우 백작, 네덜란드 연방 공화국 통령, 잉글랜드 · 스코틀랜드 · 아일랜드 왕국의 국왕 등은 바로 그를 가리키는 지칭이다.

태어나기 1주일 전 아버지 빌렘 1세의 죽음과 함께 반대파인 공화파 위트에게 실권이 넘어감에 따라 어려운 성장기를 보냈다. 1672년 프랑스 루이 14세가 네덜란드를 침략하자 육해군 최고사령관에 취임. 침략을 저지시키고 총독에 임명되었다.

제임스 2세의 딸 메리와 결혼한 후 제임스 2세에 반대하는 영국 의회의 요청을 받고 군대와 함께 영국에 상륙함으로써 아내 메리와 함께 왕위에 올랐다. 즉위 뒤 영국 내정을 오로지 의회에 맡기고, 루이 14세의 유럽 지배 야욕을 저지하는 데 힘을 기울였다.

024 권리장전

Bill of Rights(權利章典)

명예혁명이 일어난 다음 해인 1689년 12월에 제정된 영국 의회제정법.

명예혁명의 결과로 만들어진 인권선언이다. 오늘날 권리장전의 의미는 각국의 헌법 속에 규정된 인권보장 조항을 가리키기도 한다.

명예혁명으로 제임스 2세가 가족과 함께 프랑스로 망명하자 1689년 2월 국민협의회는 윌리엄 3세를 국왕으로 추대하면서 권리선언을 제출해 승인시켰는데, 이를 토대로 1689년 12월 16일 '신민의 권리와 자유를 선언하고 왕위계승을 정하는 법률'이라는 이름으로 의회제정법이 공포되었는데 그것이 바로 권리장전이다.

제임스 2세의 불법행위의 열거, 의회의 동의 없이 이루어진 법률이나 집행·과세·상비군 징집 등에 대한 거부, 국민의 청원권 보장, 의원선거의 자유보장, 언론 자유보장, 지나친 형법금지 등을 주요 내용으로 한다.

권리장전의 의의는 영국의 의회정치를 확립하는 기초가 되었다는 것, 그리고 영국의 절대주의를 끝냈다는 것에 있다. 권리장전은 미국의 **독립선언**, 버지니아 권리장전, 매사추세츠 권리선언, 프랑스 인권선언에 큰 영향을 주었다.

한편 미국의 권리장전은 미국 헌법 제1차 수정헌법의 10개조를 말하는데, 정부의 권력으로부터 개인의 권리 보호를 주 내용으로 하고 있다. 제임스 매디슨이 주도해 1789년 연방의회를 통과했고 1791년 비준되었다.

윌리엄 3세와 메리 2세의 즉위식

독립선언
Declaration of Independence(獨立宣言)

025

아메리카합중국의 독립을 내외에 선언한 일(1776.7.4).

1775년 영국과 아메리카 식민지군 사이의 무력충돌이 발생한 후 식민지군 내부에 급진파가 등장하고 T. 페인이 공화제 독립을 호소하면서 제2차 대륙회의를 통해 1776년 각 식민지 별로 새로운 헌법을 제정했다.

대륙회의에서 버지니아 대표 R. H. 리는 독립의 결의를 제안했고 **토머스 제퍼슨**이 독립선언문을 기초했다. 프랭클린과 애덤스가 참여해 7월 4일 전원일치 가결, 공포되었다.

독립선언문은 간단한 전문과 독립선언을 한 결문, 그외 2부로 구성되어 있다. 독립선언문은 독립의 정당성을 주장하며 생명, 자유, 행복의 추구라는 자연권自然權 사상을 전개하고 있다. 아울러 영국 왕의 압정에 대해 열거하고 있다. 독립선언은 J. 로크의 사상과 본국과의 항쟁 속에서 정착된 이념을 구체화한 것이다.

74

## 026

토머스 제퍼슨
Thomas Jefferson

미국의 정치가이자 교육자, 철학자(1743.4.13~1826.7.4).

1776년 7월 4일 독립선언문의 기초위원이다. 1800년 제3대 대통령에 당선, 1804년 재선되었다. 철학, 자연과학, 건축학, 농학, 언어학 등의 업적으로 '몬티첼로의 성인'이라는 별칭을 얻었다.

버지니아 주에서 태어나 윌리엄앤드메리 대학교를 졸업, 1767년 변호사가 되었다가 정계로 진출했다. 1769년 버지니아 식민지의회 하원의원을 역임하고 1775년 버지니아 대표로서 제1, 2차 대륙회의에 참가, 1776년 독립선언문 기초위원으로 선출되었다. 독립선언문의 기초를 만든 그는 버지니아로 돌아와 주의회 의원, 주지사 등을 지냈고, 봉건적인 제도들을 폐지하는 데 힘을 쏟았다. 1783년에는 연방의회 의원이 되어 신생공화국의 기초를 닦았고 1785년 프랑스 주재 공사, 1790년 조지 워싱턴 행정부의 초대 국무장관을 지냈다. 그러나 재무장관 A. 해밀턴과 갈등을 빚어 사임한 후 민주공화당을 결성, 지도자가 되었다. 이것이 민주당의 기원이다.

1796년 부통령, 1800년 제3대 대통령에 당선되어 최초로 워싱턴에서 취임식을 거행했다. 재임 중에는 소수 의견 존중, 종교, 언론, 출판의 자유 등을 위해 애썼으며 캐나다 국경에서 멕시코 만에 이르는 지역을 프랑스로부터 구입하기도 했다. 1804년 재선되었다가 1809년 4월 정계에서 은퇴했다. 은퇴 후엔 1819년 버지니아 대학교를 설립, 학장에 취임해 교육에 전념했다. 독립선언 50주년 기념일에 사망했다.

그는 생전에 직접 묘비명을 준비해두었는데, 내용은 다음과 같다.

'미국의 독립선언의 기초자, **버지니아 신교자유법**의 기초자, 버지니아 대학교의 아버지 토머스 제퍼슨 여기에 잠들다.'

제퍼슨의 묘비

미국 대통령 선거는 화요일에 한다. 왜?

'슈퍼 튜스데이Super Tuesday'라는 말이 있다. 바로 미국의 대통령을 뽑는 선거를 하는 날이다. 이는 선거가 화요일에 행해지기 때문에 생긴 말이다.

미국 대통령 선거는 올림픽과 같은 해에 실시되며 투표일은 합중국 헌법 수정 20조에 의해서 '11월 제1월요일의 익일인 화요일'이라고 정해져 있다. 또 대통령 선거뿐만 아니라 예비선거, 당 대회 들이 모두 화요일에 행해진다. 도대체 왜 모두가 쉬는 일요일 대신 평일인 화요일에 선거를 하는 걸까?

그 이유는 바로 종교에 있다. 미국 국민들 대다수는 그리스도교도로서 일요일에는 교회에 가기 때문에 높은 투표율을 기대할 수 없다는 것이다. 게다가 옛날에는 교회나 투표소가 멀어서 마차로 가는데도 하루 종일 걸리기도 했다고 한다. 때문에 일요일은 교회로 인해 높은 투표율을 기대할 수 없었고, 월요일에 선거를 할 경우 투표소가 먼 사람은 연 이틀 생업을 포기해야만 했던 것이다. 결국 다음 날인 화요일을 투표일로 정한 것이라고 여겨진다.

오늘날은 투표소 가는 데 하루를 온통 다 쓰는 사람은 없지만 곰곰이 생각해보면 이해 못 할 일도 아닌 듯싶다. 일요일은 신나게 놀아야 하니까 안 되고, 월요일은 월요병 때문에 안 되고, 목요일은 회식이 많아서 안 되고, 금요일엔 들떠서 안 되고, 토요일은 휴일을 즐겨야 하는 날이라 안 되고, 그리고 일요일에 신나게 놀아서 피곤한 상태의 직장인이라면 월요병으로 시달린 월요일 저녁 즈음에는 '내일은 쉬고 싶다.'고 생각하는 게 보통 아닐까?

버지니아 신교자유법
Virginia Religious Freedom(信教自由法)

## 027

미국에서 처음으로 정치와 종교의 분리를 정한 법률.

1786년 1월 버지니아 연방의회에서 가결되었다. 이
법률 이전 버지니아에서는 식민지 시절부터 **영국 국교
회**가 공정교회로서 인정되어 있었고, 독립 후에는 이 교
회가 재편성되어 특권 지위를 부여받았다. 이것이 제퍼
슨의 '신교자유법'에 의해 폐지되게 되었는데, 불복종파
의 교회원 및 합리주의자들의 요구에 의해서였다.

이로써 '종교의 신앙은 만인이 보유하는 평등한 권리
이며, 만인은 양심이 명하는 대로 그것을 믿는 자유를
가진다'는 적극적인 의미가 보편화되었으며, 그 이념은
합중국헌법 제1수정으로 이어졌다.

영국 국교회

028

Anglican Church

16세기 영국 종교개혁으로 형성된 영국의 성공회.
일반적인 성공회는 다르다.

16세기 유럽 종교개혁의 영향과 국내외의 요인 등으로 **헨리 8세**가 영국 교회의 로마 교회로부터의 독립을 선언함으로써 기틀이 잡혔다. 당시만 해도 잉글랜드 왕실은 로마 교회의 지배를 받고 있었다. 그런데 지금 왕비와 이혼하고 훗날 여왕이 되는 엘리자베스 1세의 어머니 앤 불린과 재혼하려던 헨리 8세는 로마 교회가 이혼을 금지하자 로마 교회와 결별하고 기존의 잉글랜드 교회를 개혁시켰는데, 그것이 바로 영국 국교회의 시작이다. 이에 영국 종교개혁자 토머스 크랜머 캔터베리 대주교는 권위적인 라틴어 성서에 대항하여 교육을 많이 받지 못한 평신도들도 이해하기 쉽도록 1549년 '영문 성공회 기도서The Book of Common Prayer'를 작성, 아침·저녁기도와 감사성찬례 때마다 영문 성서를 쓰도록 했다.

이러한 종교개혁 전통은 세계성공회공동체 성격 형성에도 영향을 주어, 오늘날 각 지역 성공회들은 자신들이

속한 지역 말로 만든 성공회 기도서와 성서를 사용하고 있다.

메리 여왕 때 로마 가톨릭 복귀 운동으로 성공회 성직자들이 순교하는 등 탄압을 받았으나, 엘리자베스 1세 여왕의 즉위와 함께 명실공히 영국의 국교로 확립되었다.

영국 국교회의 산실 캔터베리 대성당

## 029

헨리 8세
Henry VIII

잉글랜드의 국왕(1491.6.28~1547.1.28).

튜더 왕가 출신으로는 두 번째. 초기에는 종교개혁을 강력히 억압하기도 했지만 훗날 로마 교황청과 대립한 왕으로 더 알려졌다. 6세기 이래 로마 가톨릭의 지배를 받던 잉글랜드 교회를 독립시키고, 교황 대신 잉글랜드 국왕이 잉글랜드 교회의 우두머리로 자리 잡기 위해 1534년 성직 임명법, 1534년에 국왕 지상법(수장령)을 반포, 자신의 종교 정책을 견고히 했다.

헨리 7세의 차남이었지만 형 아서가 일찍 죽게 됨에 따라 왕태자가 되었고, 에스파냐와의 동맹을 위해 형의 아내였던 아라곤의 캐서린과 결혼했다. 그러나 그녀가 아들을 낳지 못하자 이혼하고 앤 불린을 왕비로 맞으면서 로마 교황청으로부터 파문을 당한다. 그 후 앤은 딸 엘리자베스를 낳으면서 잉글랜드 왕국의 합법적인 왕비가 되었다. 이후 그녀 역시 아들을 낳지 못했고, 앤에 대한 애정이 식은 헨리 8세는 앤에게 근친상간을 했다는 누명을 씌워 **런던 탑**에 투옥, 결국 1536년 5월 19일에 처형시킨다.

그 후로도 헨리 8세는 네 번이나 더 결혼했다. 헨리 8세가 쉰다섯 살을 일기로 생을 마감하자 왕위는 세 번째 배우 자였던 제인 시무어의 아들에게 이어진다. 이가 바로 에 드워드 8세다. 이후 잉글랜드의 왕좌는 캐서린의 딸 메리 를 거쳐 앤 불린의 딸 엘리자베스에게로 넘어간다.

헨리 8세는 영국식 종교개혁을 추진한 왕이기도 하지 만, 아버지 헨리 7세에 이어 왕권강화에 힘쓴 왕이기도 하다. 또 웨일스·아일랜드·스코틀랜드 지역에 대한 지 배와 방비를 강화했을 뿐만 아니라 유럽 대륙으로 수차 례나 출병해 대내외적으로도 신장된 국력을 자랑했다.

일반적으로 여섯 왕비 중 두 왕비와 크롬웰이나 모어처 럼 통치에 힘을 실어줬던 공신들을 처형한 변덕스럽고 잔 인한 왕으로 알려져 있지만, 그의 정책들은 대체로 백성 의 기대에 어긋나지 않았다. 그로 인해 쌓여진 왕실에 대 한 신뢰는 엘리자베스 1세를 통해 꽃피우게 된다.

헨리 8세와 그의 가족

## 030

런던 탑
Tower of London

영국 런던의 유서 깊은 건축물.

공식 명칭은 '여왕 폐하의 왕궁 겸 요새Her Majesty's Royal Palace and Fortress'. 템스 강 북쪽 언덕 위에 있다.

노르만 군사 건축물의 전형으로 11세기에 세워졌다. 견고한 외부 성곽과 해자 안에 크고 작은 탑들이 모인 복합체다. 가장 핵심적인 탑은 높이가 30미터에 이르는 화이트 타워로 1078년 정복왕 윌리엄이 건설한 광장과 요새에 기원을 두고 있다.

런던 탑의 주요 기능은 요새, 왕궁, 교도소였는데, 그중 가장 빈번하게 사용된 용도는 교도소다. 주로 왕족을 비롯한 고위층들의 감옥으로 사용되었는데, 고문과 처형의 장소로 악명이 높았다. 에드워드 5세, 헨리 8세의 왕비 앤 불린, 그의 딸 헨리 그레이와 제인 그레이 등이 개인적 또는 정치적 목적으로 이곳에서 처형되었고, 훗날에 여왕으로 즉위한 **엘리자베스 1세**를 포함한 많은 인물들이 이곳에 유폐되었다 풀려났다.

런던 탑의 감옥 형태는 일반적으로 상상하는 어둡고

음침한 지하 감옥이 아니었고, 죄수들 역시 쇠사슬을 차고 있거나 더러운 죄수복을 입거나 하지는 않았다. 죄수들을 위한 넓은 개인 독방에는 독서나 편지를 쓸 수 있는 책상과 침대 등 개인 용품들이 갖춰져 있었고, 유폐된 이들 역시 죄인이라고는 해도 평소와 다름없는 화려한 옷을 입었다. 이는 죄수들이 주로 왕족이나 귀족들이었던 탓이었다.

1303년 이후로는 영국의 보석 왕관들을 보관하는 장소로 이용, 1988년에는 유네스코 세계문화유산으로 등재되었다.

## 031

엘리자베스 1세
Elizabeth I

잉글랜드의 여왕이자 튜터 왕가의 마지막 왕 (1533.9.7~1603.3.24).

어머니 앤 불린이 런던 탑에서 처형됨에 따라 서자로 강등, 정치적 소용돌이에 휘말리지 않기 위해 시골에서 은둔하면서 성장했다. 그러나 아버지 헨리 8세에 의해 여섯 살 때부터 군주로서의 자질을 개발하기 위해 당대 최고의 학자들로부터 교육을 받았다. 그 결과 라틴어, 프랑스어, 그리스어, 에스파냐어, 이탈리아어, 웨일스어를 자유롭게 쓰고 읽고 대화할 수 있었다. 특히 철학과 역사에 관심이 많아서 매일 세 시간씩 역사책을 읽었다고 한다.

그러나 이복동생 에드워드 8세 때는 토머스 세이무어Thomas Seymour와의 스캔들에 휘말리면서 반역 혐의를 받고 심문을 받았으나 세이무어가 처형되기 직전 무죄가 입증되어 풀려났고, 이복언니 메리 1세 때도 여왕의 가톨릭 복귀 정책에 불만을 가진 신교도들이 토머스 와이어트Thomas Wyatt를 지도자로 해 켄트 지역에서 반란을 일으키자 곧바로 반란의 숨은 주모자로 몰려 런던 탑에 유폐되는 등 어려운 시기를 보냈다.

이복동생 에드워드 8세와 이복언니 메리 여왕의 잇단 서거로 1558년 1월 15일에 여왕으로 즉위, 재위 45년간 잉글랜드를 유럽 최강국으로 만들어놓았다. 아버지 헨리 8세의 종교 정책을 이어받아 국교의 확립을 꾀함으로써 종교적 통일을 이뤘고, 화폐제도를 통일하고 중상주의 정책을 폈으며, 이후 20세기까지 활약한 동인도회사를 설립해 식민지 구축에 시동을 걸었다. 여왕 제위 시절 잉글랜드 해군은 에스파냐의 **무적함대**를 격파해 경외의 대상이 되기도 했다.

여왕의 보석에 새긴 좌우명은 '항상 같다semper eadem.'다.

## 032

무적함대

Armada Invencible(無敵艦隊)

에스파냐의 펠리프 2세가 편성한 대함대.

1588년 영국을 공격하기 위해 조직, 메디나 시도니아 Medina Sidonia 공작이 지휘했다.

무적함대의 목적은 에스파냐 령 네덜란드의 일부인 네덜란드 공화국에 대한 영국의 지원을 방해하고, 신세계에 있는 에스파냐의 영토와 대서양 보물 선단에 대한 영국의 공격을 차단하는 것이었다. 전함 127척, 수병 8천 명, 육군 1만9천 명, 대포 2천 기를 가진 대 함대는 1588년 5월 28일 영국을 향해 리스본을 출항했다. 그러나 호킨스, 드레이크 등 명장으로 포진한 영국 함대에 의해 **칼레 해전**과 그라블리니 해전에서 일격을 당하고 겨우 54척만 고국으로 돌아갔다.

그 결과 그간 에스파냐가 장악했던 해상무역권이 영국에게 넘어가고, 네덜란드가 독립의 길을 걷게 된다.

한편 무적함대, 아르마다의 주축을 이룬 선박은 범선 갤리온이었다. 갤리온은 속도가 빠르고 안전성이 높은 데다가 적재량이 높아서 주로 상선으로 이용되었는데, 전투가 포격의 양상을 띠게 되면서 많은 나라에서 개조해 군함으로 사용했다.

〈파괴되는 무적함대〉
루테르부르 작품

## 033

칼레 해전

Battle of Calais

　1588년 에스파냐의 펠리페 2세와 엘리자베스 여왕의 종교전쟁.

　펠리페 2세는 영국을 가톨릭 국가로 만들기 위해 여왕과의 결혼을 추진하려 하자 이에 엘리자베스 1세가 반발함으로써 칼레 해전이 일어났다. 그러나 이것은 표면적인 이유일 뿐, 숨겨진 뜻은 네덜란드의 독립을 돕고 해상으로 진출하려는 영국에 대한 응징이었다. 영국의 승리로 돌아간 칼레 해전은 전함에 대포를 장착해 전투를 벌인 최초의 해전이었다. 칼레 해전의 패배로 에스파냐는 쇠퇴의 길로 들어섰고, 영국은 새로운 강자로 등장했다. 칼레 해전이 끝난 후에도 영국과 에스파냐 사이의 전쟁은 1604년 런던 조약이 조인될 때까지 계속되었다. 영국은 계속해서 네덜란드의 신교 세력을 지원했고, 에스파냐 선박들을 갈취해 부를 쌓았다. 반면 시간이 갈수록 무적함대의 명성 또한 시들어갔고, 이런 무적함대의 몰락은 에스파냐의 해양력의 몰락으로 이어졌다. 이후 영국은 1600년에 **동인도회사**를 차려 제국의 기반을 마련했다.

동인도회사

034 ● East India Company

교역을 목적으로 동양에 설립된 회사의 총칭(17세기 ~19세기).

1600년 영국 동인도회사(The United company of Merchants of England Trading into the East Indies)를 시작으로 1602년에는 네덜란드의 회사(Vereenidge Oost-Indische Compagnie)가, 1664년에는 프랑스의 회사(La Compagnie Francaise des Indes)가 설립되었다. 이들은 모두 정부로부터 특허장을 받아 독점적으로 동양의 산물을 서양으로 가져오는 역할을 했는데, 주요 품목은 초기에는 향신료, 면포, 인디고, 후기에는 커피, 차 들이었다.

신대륙 무역과 함께 거대 자본을 형성하기도 했던 이들 회사들은 특허권에 의한 독점무역이라는 특징이 시대 변화에 적응하지 못하면서 점점 사라졌는데, 프랑스 회사는 프랑스 혁명(1789~99) 이전에, 네덜란드 회사는 18세기 말에 각각 해산되었고, 영국 회사만이 19세기 중반까지 인도와 중국을 무대로 활동을 계속했다.

그중 영국의 동인도회사는 플라시 전투를 기점으로

인도 무역을 독점함으로써 동시에 인도의 식민지화에 앞장서는 역할을 하기도 한다.

그 후 사적 독점상업회사 방식에 대한 영국 내의 비판이 일어나고, 또 경영난에 빠짐에 따라 1773년 노스 규제법에 따라 본국 정부의 감독 하에서 인도 무역에만 집중하다가 1858년 **세포이 항쟁**으로 인도가 영국 국왕의 직접 통치하에 들어가게 되면서 기능이 정지되었다.

동인도회사는 오늘날에도 홍차 전문 회사로 명맥을 유지하고 있다.

동인도회사가 발행한 주화

녹차, 홍차, 우롱차는 다르다. 뭐가?

녹차나 홍차나 우롱차는 본래 같은 차나무에서 딴 새순이나 잎으로 만들어진다. 다만 그 제조법에 따라서 여러 가지 다른 맛을 지닌 차가 되는 것이다. 그리고 그 차이점은 차 안에 들어 있는 산화효소에 있다.

녹차는 찻잎을 따서 바로 가열한다. 찻잎을 따서 그냥 놓아두면 산화효소에 의해서 발효되지만 바로 가열하면 발효를 막을 수 있다. 즉, 차를 따서 바로 가열함으로써 찻잎을 전혀 발효시키지 않는 것이 녹차다. 가열이 끝나면 잘 말린 다음 물을 만났을 때 차 성분이 잘 나오도록 잘 비벼주는 과정을 반복한다.

홍차는 찻잎을 발효시킨다. 먼저 찻잎을 따서 실내에서 자연적으로 건조시킨 다음 발효실에 넣었다가 마지막으로 불을 지핀 건조기에 넣어 발효시켜 완성한다. 때문에 홍차는 발효차라 불리고, 장시간에 걸친 발효 과정에서 타닌이 작용, 독특한 떫은맛과 색을 만들어낸다.

우롱차는 반발효차라 불린다. 찻잎을 따서 햇빛에 수십 분간 말린 다음 실내에서 뒤섞으며 수분을 증발시킨다. 그런 다음 충분히 비벼주고 마지막으로 건조기에서 말려 완성한다.

사실 차나무의 잎을 이용한다는 점은 맞지만 제조법에 알맞은 품종이 있다. 또 일반적으로 차나무는 키가 작다고 생각하는데, 본래 차나무는 키가 크다. 단지 수확의 편리를 위해 키가 자라지 못하게 가지치기를 한 것뿐이다.

세포이 항쟁
Sepoy Mutiny

영국 동인도회사의 용병, 세포이들을 중심으로 일어난 반영 항쟁.

제1차 인도 독립전쟁으로도 불린다.

세포이는 병사를 뜻하는 페르시아어로서 영국 동인도회사가 이슬람교도와 힌두교도인 인도인들 중 용병을 뽑아 세포이라고 했다. 이들은 인도 주둔 영국군의 90퍼센트에 이를 정도로 많은 비중을 차지하고 있었다.

영국은 비교적 카스트를 따지지 않고 용병을 모집하였으며 대부분 그 지역 출신들로 구성했다. 그런데 초기 허용했던 이들의 종교 의식 금지, 미망인의 재혼 추진 등의 풍속의 훼손, 인도 밖에서 벌어지는 전투에 참가하게 하면서도 미미한 처우 개선, 해외 업무에서의 제외 같은 차별, 진급에서의 제외 들이 불만으로 잠재되어 있는 상황에서 탄약통 방수를 위해 사용된 동물성지방이 이들에게 종교적 차별로 받아들여졌다. 결국 세포이들이 폭동을 일으켰고, 이는 봉건 귀족, 지주 계급, 그리고 농민으로 확대되어 전국 규모의 항쟁이 되었다.

항쟁 초기 세포이들은 중부 지역과 아그라-아우드 연합지역 등을 획득하는 등의 성과를 올리기도 한다. 그러나 명령 체계의 구조적 약점을 극복하지 못하고 후퇴를 거듭, 1858년 7월 완전히 진압되었다. 붙잡힌 세포이 반군은 무굴 제국의 법에 따라 반역죄로 처형되었다.

한편 세포이들을 지지한 무굴 제국의 바하두르 샤 2세가 추방됨에 따라 무굴 제국은 역사 속으로 사라졌고, 영국은 인도를 정부가 직접 관할하기로 결정하고 동인도회사를 해체했다. 1877년 영국령 인도 제국이 선포되어 **빅토리아 여왕**에게는 인도 제국의 황제라는 칭호가 더해졌다.

인도의 세포이들
19세기 그림

바하두르 샤 2세
인도의 독립을 위해 투쟁했던
무굴 제국의 마지막 황제

036 빅토리아 여왕
Queen Victoria

대영제국의 여왕(1819.5.24~1901.1.22).

'해가 지지 않는 나라' 영국의 자본주의 전성기를 이뤘다. 조지 3세의 네 번째 아들 켄트 공의 딸로 조지 3세, 조지 4세, 윌리엄 4세에 이어서 왕위에 올랐다. 이는 왕위 계승자들이 자식 없이, 또는 정당한 자식 없이 요절한 덕분이었다.

열여덟 살 나이로 왕위에 오른 빅토리아는 총리, 멜번 경의 도움으로 영국의 여왕이 갖추어야 할 긍지와 카리스마를 배웠고, 20세에 독일 색스 코버그 고타가의 왕자 앨버트 공과 결혼함으로써 그의 진중하고도 사려 깊은 보좌를 받았다. 그와의 사이에서 아홉 명의 아이를 낳았으나 앨버트 공이 병으로 사망함으로써 그녀의 행복했던 결혼 생활은 21년 만에 끝이 났다. 이후 빅토리아 여왕은 거의 40년을 홀로 살면서 항상 검은 옷을 입는 등 미망인을 자처하며 앨버트 공의 죽음을 애도했다.

현재 영국 왕실은 이 앨버트 공의 후손이다. 이들은 에드워드 7세 때부터 이전의 성을 버리고 색스-코버

그-고타라는 성을 썼다. 그런데 제1차 세계대전 때 반독일 감정이 치솟자 독일 내의 모든 직함을 버리고 윈저로 개명했던 것이다.

빅토리아 시대는 1837년부터 1901년까지 영국의 빅토리아 여왕이 통치하던 64년의 기간으로 이 동안 영국은 역사상 가장 화려한 전성기를 누렸다. **산업혁명**을 기반으로 자본주의를 발전시켜 부를 쓸어 담았으며, 세계 곳곳에 영국 식민지를 마련, 역사상 가장 넓은 땅을 확보했다. 또한 국내적으로는 2대 정당제의 의회정치가 비로소 전개되었다.

빅토리아 여왕의 가족들

037 산업혁명
Industrial Revolution(産業革命)

  18세기 영국에서 시작된 기술 혁신과 이를 바탕으로
한 사회·경제 구조의 변혁.

  1760년에서 1830년에 이르는 약 100년 동안 이루어졌
다. 증기기관에 의한 기계가 등장하면서 기존의 소규모
수공업이 대량생산의 공장제 기계공업으로 전환되었다.
이러한 변혁은 영국의 방직기계의 등장을 시작으로 유럽
전역은 물론 미국으로까지 파급되었다. 이와 함께 여성이
나 아동의 값싼 노동력의 사용이 노동력 시장에서 주요한
부분을 차지하게 됨에 따라 이와 경합하는 성년 남자 노
동자의 노동시간의 연장, 노동 강도의 강화 등이 진행되어
자본가에게 막대한 이윤을 남겨주게 되었다. 그 영향은 또
한 농업 부문, 기타 소생산자의 몰락·분해의 과정을 촉진
시켜 대량의 공업 노동자를 양산시켰고, 결국 빈부격차에
따른 사회적 갈등을 야기했다. 이러한 자본주의의 병폐는
많은 학자들로 하여금 이를 비판하고 새로운 사회로의 모
색을 하게 했다. 그 결과 탄생한 것이 **앨프레드 마셜**의《경
제학 원리》와 마르크스의《자본론》들이다.

## 038

앨프레드 마셜
Alfred Marshall

 영국 런던 출신의 경제학자(1842.7.26~1924.7.13).

 런던 버몬지의 한 가난한 집안에서 태어나 머천트 테일러 학교를 거쳐 케임브리지 대학에 입학, 수학과 물리학을 전공했다. 졸업 후 모교에서 강의를 하다 1887년 같은 학교 강사 메리 펠리와 결혼, 학교의 독신 규정에 따라 유니버시티 칼리지의 교장으로 옮겼다. 그곳에서 그는 아내와 함께 《산업 경제학Economics of Industry》을 완성시켜 명예를 얻는다.

 1885년 케임브리지 대학의 경제학 교수로 돌아온 마셜은 경제학을 전공으로 가르치는 경제학과를 만들었고, 1881년부터는 《경제학 원리》를 집필하기 시작, 그로부터 10년이 지난 1890년 드디어 책으로 발간해 세계적인 찬사를 받는다. 그러나 2권의 집필을 끝내 마치지 못한 채 1908년 건강 문제로 교수직을 사임했다. 그 후에도 《산업 무역론》(1919)과 《화폐 신용 및 상업》(1923)을 출판했으나 1924년 7월 13일 자택에서 여든한 살을 일기로 생을 마감했다.

고전파 경제학을 근대화해 신고전학파의 기초를 닦은 마셜은 영국 경제학계의 지도자로서 학계뿐만 아니라 정책상으로도 큰 공헌을 했다. 특히 한계 효용학파로부터 시간의 요약, 탄력성 등 새로운 학설을 도입해 케임브리지 학파 경제학의 기초를 세웠다.

## 039

경제학 원리
Principles of Economics(經濟學原理)

영국의 경제학자 앨프레드 마셜이 쓴 경제 이론서.

수요와 공급, 한계효용, 생산비용 가치론의 개념을 정립한 경제학의 교과서. 1권이 1890년에 출판되었고, 그의 조카 W. 길보가 수정·증보함으로써 완성되었다 (1961).

19세기 말, 영국의 자본주의에서 비롯된 빈곤과 인간성의 붕괴, 분배의 불평등에 대한 모순을 지적한 책이다. 1편과 2편에서는 개론과 경제학 원리의 방법론, 3편에서는 효용이론과 수요이론, 4편에서는 공급이론, 5편에서는 가격 이론, 6편에서는 분배론을 담았다.

마셜이 주장한 이 경제학 원리의 개념과 소비자, 생산, 잉여 등의 이론은 신고전파 경제학의 탄생에 영향을 주었고, 오늘날에도 통용되고 있다.

한편 케인스는 마셜의 경제학이 대공황, 세계대전 등의 상황에선 아무런 의미가 없을 뿐만 아니라 마셜의 정책대로 한다면 장기적으로는 파국에 이르게 된다고 진단했고, 이탈리아 경제학자인 피에로 스라파는 마셜이 내세웠던 완전경쟁, 장기적 완전고용, 장기적 균형성립 등의 가설이 근거가 없다고 비판했다.

또한 마르크스주의 경제학자들은 마셜의 경제학이 시장질서의 절대성과 자본주의의 영원성을 옹호한다는 것, 그리고 경제학과 정치가 분리되어 있지 않고 경제활동을 단순히 수학적으로만 분석했다고 비판했다. 그러나 마르크스주의의 소비에트 연방이 무너지자 마셜의 이론은 다시 각광을 받기 시작, 마셜의 경제학인 신고전주의 경제학은 거시경제학에서 중요한 위치를 되찾게 되었다.

한편 '경제학 원리'라는 제목의 경제서는 **존 스튜어트 밀**과 T. R. 맬서스에게도 있다.

마셜과 동시대를 산
영국의 경제학자들

1. 토머스 로버트 맬서스 Thomas Robert Malthus

영국의 경제학자(1766.2.14~1834.12.23).

 저서 《인구론An Essay on the Principle of
Population》(1798년)에서 인구의 기하급
수적 증가와 식량의 산술급수적 증가
사이의 불균형 탓에 빈곤, 악덕, 기아
가 발생하므로 인구 증가를 억제하기

위해 도덕적인 억제가 필요하다고 주장했다.

영국 서리에서 태어났으며 고전파 경제학자로서 고전경제학자
D. 리카도와 이론적으로 대립했다. 케임브리지 대학을 졸업한
후 영국 국교회 목사로서 《인구론》을 집필하고, 1805년 동인도
대학에서 경제학과 근대사를 강의했다. 그는 빈곤을 해결하기
위해 인구를 조절해야 한다며 산아제한 등을 제안했는데, 이를
신맬서스주의라고 한다. 주요 저서로는 《경제학 원리》(1820년),
《경제학의 정의》(1827년) 들이 있다.

2. 존 메이너드 케인스 John Maynard Keynes

영국의 경제학자(1883.6.5~1946.4.21).
정부의 정책에 따른 유효수요의 증가
를 강조하는 '케인스 경제학 이론'의
창시자.

케임브리지셔 출생인 케인스는 이튼
고등학교와 케임브리지 대학을 거치
면서 G. E. 무어의 영향을 받았고, 졸
업 후엔 공무원이 되기도 했다. 1909년에는 케임브리지 대학의
강사 겸 회계관으로 재직했다.

그는 '보이지 않는 손'에 의한 경제적 기능을 부정하면서 고전
주의 경제학은 장기적으로 파멸하고 만다면서 고전주의 경제
학자들을 비판하고 정부의 역할을 강조했다. 그의 이론은 경제
학에 큰 영향을 끼쳤다.

저서 《고용, 이자 및 화폐의 일반이론 The General Theory of
Employment, Interest and Money》(1936년)을 통해 완전고용을 실현하
기 위해서는 자유방임주의가 아닌 소비와 투자, 즉 유효수요를
확보하기 위한 정부의 역할이 필요하다고 주장. 이는 거시경제
학으로 발전했다.

존 스튜어트 밀
John Stuart Mill

영국의 철학자이자 경제학자, 논리학자, 역사학자 (1806~1873).

스코틀랜드 포퍼셔에서 출생했다.

제임스 스튜어트 밀의 장남으로 세 살에 그리스어를 배우기 시작해 여덟 살이 될 때까지 이솝의 《우화들》, **크세노폰**이 쓴 《퀴로스 왕의 아시아 원정기》, 헤로도토스의 《역사》를 그리스어로 읽었을 뿐만 아니라 루키아노스, 디오게네스 라에르티우스, 이소크라테스, 그리고 플라톤의 대화편 중 여섯 편을 그리스어 문장으로 접했을 정도로 영민했다.

정치·경제의 근본이 인간이라고 설파, 철학에 과학적 기초가 뒷받침되어야 한다고 주장했다. 이를 철학적 급진주의, 공리주의라고 한다. 또 버클리, 흄, 콩트와 맥을 같이 하는 실증주의자로 '지각에 의해서만 사물이 존재한다'고 주장하면서 연역법을 부정하고 귀납법에 의한 철학적 논리를 설파했다.

밀은 저서 《인간 정신의 현상분석Analysis of the Phenomena

of the Human Mind》을 통해 공리주의의 심리학적 기초를 만들었으며, 영국 경제학 교과서의 기준이 된 '생산, 분배, 교환, 소비'의 4분법을 최초로 사용했다.

연역법과 귀납법

1. 연역법deductive method

이미 증명된 하나 이상의 명제를 전제로 새로운 명제의 결론을 이끌어내는 논리. 연역은 귀납과 달리 전제와 결론의 구체적인 내용이 아니라 논리적 규칙에 의존한다. 예를 들어 'A는 B이다. 그러므로 B는 A다'의 논리이며, 'A는 B다. B는 C다. 그러므로 A는 C다'라는 논법이 성립된다.

2. 귀납법inductive method

개별적인 사실이나 원리로부터 확장된 일반 명제를 추리해낸다. 여론조사나 표본조사를 통해 일반적 결론을 추론하는 통계추리, 사물이나 현상의 유사성을 근거로 결론을 이끌어내는 유비추리 등 일상생활뿐만 아니라 자연과학, 인문사회과학 등 다양한 분야에서 쓰인다. 그러나 연역법과는 달리 결론에 대한 확신을 주지 못하는 단점도 있다. 자칫 귀납법은 비약으로 치달아 필연성이 결여될 가능성이 있다.

041 크세노폰
Xenophon

    고대 그리스의 직업 군인이자 저술가(BC 430?~BC 354?). 소크라테스와 동시대를 살았고 그의 제자로서 기원전 4세기에 대한 역사와 소크라테스의 말, 고대 그리스의 생활사에 대한 기록을 남긴 것으로 유명하다. 훌륭한 가문에서 태어나 상류층으로서의 특권을 누렸던 것으로 보이는 크세노폰은 퀴로스 원정에 참가하는 등 군사로서의 자질을 보였다. 스파르타와 페르시아, 그리고 소크라테스에 대한 지지로 소크라테스 처형 후 **아테나이**에서 추방되었다가 훗날 돌아와 사망한 것으로 추정된다. 저서로는 《헬라스의 역사》, 《아나바시스Anabasis》, 《소크라테스의 추억》 등이 있다.

말을 타고 있는 크세노폰

아테나이
Athénai

아티카 반도 중앙 사로니크 만(灣) 연안에 위치한 고대 그리스의 도시국가.

오늘날 그리스의 수도이기도 하다.

가운데 평야를 중심으로 동쪽은 히메토스 산, 북동쪽은 펜텔리콘 산, 북서쪽은 파르니스 산, 서쪽은 아이갈레오스 산에 둘러싸여 있고, 아크로폴리스 외에도 필로파포스, 프닉스, 아레오파고스 등의 언덕이 있어서 각 정상에 **그리스 신화**에 등장하는 신들의 신전을 세웠다.

기원전 2000년대 초경 이오니아 인이 남하하여 정착했고, 기원전 8세기에는 왕정으로 시작해 귀족정치, 참주정치를 거치면서 기원전 5세기에 민주정치시대를 열었다. 페리클레스 치하에서 황금시대를 이뤘는데, 오늘날 아크로폴리스 위에 보이는 파르테논을 비롯한 많은 건축물이 바로 이때 건축된다. 이후 동로마제국, 오스만 튀르크의 지배를 받으면서 고대의 찬란한 예술에 다양성을 입혔고, 1833년 마침내 독립해 그리스의 수도가 된다.

043 그리스 신화
Greek mythology

고대 그리스의 신화와 전설.

그리스 신화는 세계의 기원에 대한 설명과 수많은 신, 영웅, 신화적 생물의 삶과 모험에 대한 내용들로서 원래 구전으로 전해지던 것을 문학작품 형태로 모았다. 그중 서사시 〈일리아스〉와 〈오디세이아〉는 가장 오래된 그리스어 문학작품으로 트로이 전쟁에 대해 다루고 있다.

그리스 신화의 내용은 헤시오도스의 저서들《신통기》, 《노동과 나날》)이나 호메로스 찬가, 기원전 5세기경 비극 작품, 그리고 헬레니즘 시대 학자와 시인들의 저작 및 플루타르코스와 파우사니아스 같은 로마제국 시대의 글 등을 통해서도 확인할 수 있다. 또한 고고학적 발굴을 통해 여러 유물의 장식에 나타나는 신과 영웅의 모습으로 그리스 신화에 대한 자료를 찾아내기도 했다. 그리스 신화가 현재까지 남아 있게 된 데 가장 큰 공헌을 한 것은 호메로스의 서사시다.

오늘날까지 전해지는 신화 중에서 가장 풍부한 내용을 담고 있는 그리스 신화는 기원전 8세기 즈음에 이미 기초가 다져졌고, 메소포타미아 및 이집트 문명에서 영향을 받기도 했다. 고대 그리스 문명이 쇠퇴한 후에도 신화는 고대 로마인들에 의해 높이 평가되어 로마신화에 접목되었다.

대개 초자연적인 요소가 다분한 그리스 신화는 매우 복잡한 내용으로 구성되어 있다. 특히 신과 같은 초자연적 요소를 인간적인 것으로 만들어 탐미적 형태로 승화시키고 있다.

그리스 신화의 주요 부분은 선사시대에 형성된 것으로 보인다. 아울러 기원전의 문명에 관한 내용들이 복잡하게 얽혀 있어 여러 모순과 불일치가 나타나기도 한다. 따라서 후대 예술가들에 의해 여러 형태로 해석되고 변형되어 더욱 신화적인 형태로 전해지게 되었다.

특히 세계 창조에 관한 신화에서는 절대자에 의한 세계 창조가 아니라 자연적인 만물의 조화에 의해 세계가 탄생했다고 그리고 있다. 이러한 세계관 탓에 신의 존재도 인간과 마찬가지로 세계 창조 이후 나타났다고 서술한다. 즉, 무한의 공간인 '**카오스**'에서 대지와 에로스가 탄생하고 어둠과 밤과 낮이 만들어졌으며, 하늘과 바다가 만들어지고 티탄이라는 다섯 명의 남신과 티타니스라는 여섯 명의 여신이 등장한 후에 마지막으로 티탄족 크로노스가 탄생, 이들 티탄족의 신들이 인간의 숭배를 받으며 인간세상을 지배했다는 것이다.

그리스 신화는 제우스를 비롯 영원히 죽지 않으며 형체를 마음대로 바꿀 수도 있는 올림포스의 열두 신에 대한 이야기 외에도 이아손, 헤라클레스, 오르페우스로 대표되는 신들의 자손, 즉 영웅들의 이야기로 채워져 있다. 신화와 전설은 신들의 계보와 영웅담만 있는 것은 아니다. 오이디푸스의 전설처럼 인간의 심리나 행동을 설명하는 것도 있다. 또한 트로이의 전설처럼 어느 정도 사실에 입각한 이야기도 있으며, 구전된 이야기를 재해석하거나 다른 전설과 합쳐져 새로운 이야기로 발전된 것도 있다.

LEVEL UP 03
상식 폭
넓히기

트로이 성은 어디에 있었을까?

트로이 전쟁이 실제 존재했었는지에 대한 의견은 아직도 분분하다. 그도 그럴 것이 이 전쟁이 사실이라고 최초로 주장했던 그리스의 역사가 투키디데스도 전쟁이 있었다던 때로부터 800년 후의 사람이기 때문이다. 그런데 근대에 이르러 터키 지역에서 유적과 유물을 발견한 하인리히 슐리만이 이것을 근거로 트로이 성을 오늘날 터키의 히사를리크 평야라고 주장했다. 1990년대에 이르러서는 독일 고고학자 만프레드 코프만이 최첨단 원격 탐지 기술을 이용, 도시의 성벽을 추적한 결과 트로이 전쟁에 대해 기술한 호메로스가 그곳을 방문했을 기원전 8세기경에도 그 유적이 존재했다는 것까지 밝혀냈다. 따라서 확실한 것은 아니지만 아직까지는 슐리만에 의해 발굴된 히사를리크 평야 지역을 트로이 문명이 실재했던 곳, 그리고 트로이 전쟁이 있었던 곳으로 추정하고 있다.

올림포스의 신과 영웅들

1. 제우스Ζεύς

(神) 그리스 신화의 주신主神.

크로노스와 레아의 막내아들로 포세이돈, 하데스와 형제 지간이다. 올림포스 12신의 1세대이며 번개와 독수리로 상징된다. 강인한 남성으로 묘사되며 한쪽 손에 번개를 들고 있다.

아버지 크로노스는 헤스티아, 데메테르, 헤라, 하데스, 포세이돈, 제우스 등 여섯 명의 자식을 낳았다. 그런데 자기 자식에게 지배권을 빼앗긴다는 신탁 때문에 태어난 자식을 차례로 삼켜버렸다. 마지막 제우스는 태어났을 때 어머니 레아가 크로노스를 속여 돌을 삼키게 함으로써 살아남았고 이후 형제들을 해방시켰다.

제우스는 누이 헤라를 아내로 삼아 기상현상을 주재하고 세계의 질서와 정의를 유지한다. 또 그는 헤라의 질투에도 불구하고 여신이나 인간 여성, 님프들과 어울리기도 한다.

신화에 나오는 영웅들은 대부분 제우스의 후손들이다. 그중 헤라클레스는 그 어떤 신보다도 강했고, 아폴론은 예술과 예언에 능했으며, 아프로디테는 미모, 헤르메스와 아테나는 지혜가 뛰어났다.

2. 포세이돈 Ποσειδών

(神) 바다, 지진, 돌풍의 신.

돌고래, 물고기, 말, 소로 상징된다. 엄밀한 의미에서 제우스의 형이다. 성미가 급해 다른 신이나 인간과 자주 다투는 것으로 묘사된다. 태어난 직후 크로노스에 의해 삼켜졌다가 제우스에 의해 다시 세상에 나온다. 제우스, 하데스와 힘을 합쳐서 아버지를 추방시킨 후 세계를 분할통치하자는 데 합의, 제비를 뽑은 결과 해양의 지배자가 되었다.

한편 아테나가 포세이돈과 결혼하기 위해 그를 굴복시키려 했기 때문에 두 신 사이에는 많은 다툼이 있었던 것으로 묘사된다. 한때 포세이돈의 연인이었던 인간, 메두사를 아테나가 괴물로 바꾼 후 아폴론과 공모, 페르세우스를 이용해 메두사를 죽게 만들자 포세이돈은 죽은 메두사의 영혼과 피를 자신이 가장 좋아하는 동물인 말에 날개를 단 형상의 천마로 다시 태어나게 해 하늘의 별자리로 옮겨놓은 것이 좋은 예다. 그 외에도 도시 이름을 놓고 내기를 했다. 승리는 아테나의 몫이었고, 그 결과 그 도시의 이름은 '아테네(아테나이)'가 된다.

3. 하데스Hādēs

(神) 그리스 신화에 나오는 지옥, 죽음의 신.

제우스와 포세이돈의 형제다. 죽은 자들의 세계를 지배하는 신으로 지하의 부富를 인간에게 베푼다고 해서 플루톤이라고도 부른다. 로마에서는 플루토, 혹은 디스라고 불렸다. 데메테르의 딸 페르세포네와 강제로 결혼했다. 그로 인해 데메테르가 실음에 빠져 땅을 돌보지 않자 제우스가 하데스에게 압력을 넣는다. 결국 하데스는 페르세포네가 1년의 3분의 1만 지옥에서 지내고 나머지는 지상에서 지내도록 허락했다. 한편 그가 지배하는 지옥으로 가기 위해서는 아케론이라는 강으로 건너야 하는데, 이때는 카론이라는 뱃사공의 도움을 얻어야 한다. 또한 하데스의 지하세계는 케르베로스라는 개가 지키고 있다고 한다.

4. 헤라 Hpa

(神) 그리스 신화의 최고 여신.

제우스의 누이이자 아내다. 결혼과 가
정의 여신이며 로마신화에서는 유노로
불렸다. 헤라는 올림포스 신화가 생기기 전부
터 어머니 신으로 숭배를 받았다. 그 이유는
정확치는 않지만 헤라라는 이름 자체가 그리
스어가 아닌 고대 언어이기 때문인 듯하다.
헤라는 제우스와의 사이에서 전쟁의 신 아레
스, 청춘의 신 헤베, 출산의 신 일리티야, 불화의 신 에리스, 대
장장이의 신 헤파이스토스를 낳았다. 제우스의 바람기를 무서
운 응징으로 보답했기에 질투의 화신으로 묘사된다.
기원전 8세기에 지어진 헤라의 신전은 그리스에서 가장 오래
된 신전이기도 하다.

5. 데메테르 Δημητηρ

(神) 곡물과 수확의 여신.

크로노스의 딸. 제우스와는 오누이다.
계절의 변화와 결혼의 유지를 관장한
다. 로마신화의 케레스와 같다.
제우스와의 사이에서 딸 페르세포네를 낳았
다. 지옥의 신 하데스가 페르세포네를 납

치해 결혼하자 제우스를 압박함으로써 1년 중 3분의 2는 딸과 지낼 수 있게 했다. 한편 딸과 헤어져 있는 시간 동안 자연을 돌보지 않아 겨울이 생겼다고 한다.

6. 디오니소스 Διόνυσος

(神) 술과 도취의 신.

로마신화의 바쿠스와 같다. 제우스와 세멜레 사이에서 태어난 것으로 알려졌지만 확실하진 않다. 일반적으로는 고대 그리스에서 계절의 활력을 불어넣어 주는 신으로 알려져 있다. 디오니소스는 풍요의 신으로 원래 12신에 포함되지 않았으나 화덕의 여신 헤스티아로부터 12신의 자리를 물려받았다.

디오니소스의 유래에 관해서는 미케네 문명에서 비롯됐다는 설과 테베에서 숭배된 신이라는 설들이 있다. 또 고대 그리스에는 디오니소스를 숭배하는 종교가 있었는데 오르페우스 종교와 관련되어 있는 잔인한 제물의식으로 유명하다.

7. 아레스 Ἄρης

(神) 전쟁의 신.

로마신화의 마르스와 같다. 제우스와 헤라 사
이에서 태어났으며 헤파이스토스와 형제지
간이다. 창, 칼, 방패, 놋쇠 갑옷, 전차, 독수
리가 대표적 상징이다.

같은 전쟁의 신인 아테나가 전략과 방
어를 상징하는 것에 반해 학살과 파괴
를 상징한다. 호전적인 성격과 사나
운 성미 탓에 신들로부터 미움을 받기
도 했다. 아레스는 체구가 크고 전쟁을 좋아하지만 힘이 약한
편이어서 늘 패했다. 한편 아레스는 사랑과 미의 여신 아프로
디테의 사랑을 받았다.

아레스는 아프로디테와의 사이에서 낳은 쌍둥이 형제인 포보스
와 데이모스를 전쟁터로 데리고 다니며 살육을 일삼았다. 명분
없이 잔인한 전투를 즐기며 살육을 일삼았던 그를 호메로스는
미치광이, 악의 화신, 파괴자, 피투성이의 살인마로 묘사했다.

아레스는 그리스의 일부 북부 지역, 특히 스파르타의 중요한
신으로 숭배되어 전쟁 포로를 아레스의 제물로 바치기도 했다.
아테나이의 아레오파고스 기슭에 아레스의 신전이 있었다고
전해진다.

8. 아르테미스 Άρτεμις

(神) 달과 사냥, 야생동물, 처녀성의 여신.

로마신화의 디아나와 같다. 제우스와 레토 사이에서 태어난 딸이며 아폴론과 남매지간이다. 곰과 사슴, 활과 화살, 초승달, 토끼로 상징된다.

숲 속에서 사냥을 하는 야생적인 처녀의 모습으로 묘사된다. 성격이 거칠고 복수심이 강해서 악타이온이나 오리온처럼 그녀에게 희생된 사람이 많다.

아르테미스라는 이름은 야수들이 사는 들판을 주관하는 모신母神으로서 동식물의 다산多産과 번성을 주관하는 고대토착민족의 신으로 출발했기 때문에 그리스계와는 그 탄생부터 다르다. 소아시아의 에페소스에서 신앙되던 아르테미스는 가슴에 무수한 유방을 갖고 어린 아이의 출산과 성장을 돕는 신으로 추앙받았다.

9. 아테나 Άθηνά

(神) 지혜, 전쟁, 직물, 요리, 도기, 문명의 여신.

로마신화의 미네르바와 같다. 제우스와 메티스 사이에서 태어났고 투구, 갑옷, 창, 방패, 올빼미, 뱀이 상징이다. 포세이돈과 내기에서의 승리로 아테나이의 수호신이 되었다.

전쟁의 신인 아레스보다 지혜롭고 이성적이며 순
결한 신으로 등장하는 아테나는 전쟁의 여
신답게 종종 투구와 갑옷을 입은 여전사의
모습으로 묘사된다. 오디세우스, 이아손, 헤라
클레스와 같이 많은 영웅들의 조력자로 등장
하기도 한다. 또 신화에서 그녀는 배우자나 연
인을 둔 적이 없었기에 종종 처녀라는 뜻의 아
테나 파르테노스Athena Parthenos라고 불리기
도 한다. 오늘날 그리스 아테네의 아크로폴리스 언덕 위에 있
는 그녀의 신전이 파르테논인 것은 바로 이런 이유다.

트로이 전쟁 때 헤파이스토스의 뛰어난 손재주와 따뜻한 마음
씨에 반한 아테나는 헤파이스토스와 결혼을 해 에릭토니우스
를 낳았는데, 그는 후에 아테나이의 왕이 되었다.

10. 아폴론 Απόλλων

(神) 태양과 예언, 의술, 궁술, 음악, 시를 주관하는 신.

로마신화의 아폴로와 같다. 제우스와 레토 사이에서 태어난 아
들이며 아르테미스와 쌍둥이다. 월계수, 활, 화살, 백조, 돌고래
가 상징이다.

아폴론은 감성이 풍부하고 아름다운 것에 쉽게 매료되는 성품
이었기 때문에 여인과의 로멘스 관련 이야기가 많다. 코로니스
도 그중 하나였다. 그녀를 사랑한 아폴론이 그녀가 다른 남자

와 결혼했다는 까마귀의 말만 믿고 그녀를 죽였으나 후에 사실이 아닌 것으로 밝혀지자 후회를 하며 원래 하얀색이었던 까마귀의 몸 색깔을 검은색으로 바꾸어버렸다고 한다.

아폴론은 카산드라도 사랑했다. 그래서 그녀에게 예언의 능력을 주었는데, 카산드라가 아폴론을 거부하자 화가 나서는 아무도 그녀의 예언을 믿지 않도록 저주를 걸었다. 그래서 트로이 목마를 도시로 들여보내지 말라는 카산드라의 예언을 아무도 믿지 않았고 트로이는 결국 전쟁에서 패하게 된다.

한편 아폴론의 연인으로는 히아킨토스라는 소년도 있었다. 그는 이 소년과 함께 다니며 원반던지기 놀이를 즐겼는데, 어느 날 서풍을 관장하는 신 제피로스의 질투 탓에 히아킨토스가 원반에 맞아 죽고 말았다. 그리고 그의 피가 떨어진 곳에 히아신스가 피어났다.

아폴론이란 이름도 아프로디테와 마찬가지로 그리스계가 아닌 것으로 보아 북방의 이민족이나 소아시아에서 유입된 것으로 추정된다. 예언을 관장하는 신으로서 델포이에 신전이 세워졌다.

11. 아프로디테 Αφροδίτη

(神) 미와 사랑과 풍요의 여신.

로마신화의 베누스와 같은 신이다. 비둘기. 참
새. 백조가 상징이다. 이 여신은 르네상스를
거치면서 여성의 원형으로 자리 잡았다. 그녀
의 탄생에 대해서는 의견이 분분해서 호메로스
에 의하면 제우스와 바다의 정령 디오네의 딸로
태어났다. 그러나 헤시오도스에 의하면 크로노
스가 아버지 우라노스의 성기性器를 잘라 바다
에 던지자 그 주위에 하얀 거품아프로스이 모였는데 바로 그 거
품 속에서 아프로디테가 태어났다.

한편 제우스는 티탄족을 무찌를 수 있게 해주는 자에게 아름다
운 아프로디테를 아내로 주겠다고 약속했다. 이에 헤파이스토
스는 번개를 만들어 제우스에게 선물했고 제우스는 번개로 티
탄족을 토벌했다. 그래서 아프로디테는 헤파이스토스의 아내
가 되었다. 그러나 헤파이스토스는 일을 핑계로 아프로디테를
멀리했고, 때문에 아프로디테는 전쟁의 신 아레스와 밀회를 즐
겼다. 태양신 아폴론이 헤파이스토스에게 이 사실을 밀고함에
따라 아프로디테와 아레스의 밀회가 들키기도 하지만 포세이
돈의 중재로 화해. 아레스와 아프로디테는 공포의 신 포보스와
데이모스. 사랑의 신 에로스, 후에 테바이테베의 왕 카드모스의
아내가 되는 하르모니아를 낳았다.

12. 헤르메스 Ἑρμῆς

(神) 여행자, 목동, 체육, 웅변, 도량형, 발명, 상업, 도둑과 거짓말을 주관하는 신.

주로 신들의 뜻을 인간에게 전하는 역할을 한다. 해석학 hermeneutics이라는 용어가 헤르메스에서 유래되었다. 헤르메스라는 말의 어원인 헤르마 Herma는 '경계석, 경계점'이란 뜻을 가지고 있다. 따라서 고대 그리스인들은 헤르메스를 '건너가다'라는 뜻으로 이해했다. 이런 이유로 헤르메스는 신들의 뜻을 전하는 사자, 교역, 교환, 전달, 해석 등으로 이해된다. 사후세계로 건너가는 길을 인도하는 신으로서의 역할도 한다.

제우스와 거인 아틀라스의 딸 마이아와의 사이에서 태어났다. 일반적으로 젊은 청년으로 페타소스라는 날개가 달린 모자를 쓰고 날개가 달린 샌들을 신었으며, 손에는 케리케이온이라는 지팡이를 들고 있는 것으로 묘사된다. 나그네의 수호신이기도 하다.

13. 헤스티아 Ἑστία

(神) 화덕을 지키고 가정을 지키는 여신.

로마신화의 베스타와 같다. 그녀의 이름이 그리스어로 화덕이다. 레아와 크로노스의 맏딸이다. 즉, 제우스의 누이다.

신화에는 자주 등장하지 않지만 매일 아침 첫 공양물을 받는 중요한 지위의 신이다. 헤스티아가 관장하는 화덕은 당시 모든 가정과 신전의 중심이었으므로 그녀 역시 중요한 신으로 추앙받았다.

아폴론과 포세이돈이 헤스티아와 결혼하기 위해 다투자 영원히 처녀로 살겠다는 맹세를 해 싸움을 가라앉혔다. 때문에 올림포스의 여섯 여신 가운데 아테나와 아르테미스와 함께 처녀신으로 남았다. 모든 신들이 두 편으로 갈라져 참여했던 트로이 전쟁 때 올림포스에 남아 있던 유일한 신이다.

14. 헤파이스토스 ΗΦαιστος

(神) 기술, 대장장이, 장인, 공예가, 조각가, 금속, 야금, 불의 신.

로마신화의 불카누스와 같다. 제우스와 헤라의 아들로 못생긴 얼굴과 절름발이로 묘사된다. 태어날 때부터 흉측한 외모 때문에 어머니 헤라에게 버림받고 바다의 여신 테티스에 의해 길러졌다.

헤파이스토스는 수염을 기른 건장한 중년남자로 표현되는데 대부분 손에는 쇠망치나 연장을 들고 있다. 이는 그가 손재주가 비상한 대장장이로 알려져 있기 때문이다. 헤파이스토스는 활화산에서 분출되는 불을 관장했는데, 그는 이 불과 자신의 비상한 손재주를 이용해 신들의 장비들을 만들어준 것이다. 그중에서 제우스에게 번개를 만들어준 것은 유명해서, 헤파이스토스가 만들어준 번개로 승리한 제우스가 상으로 그에게 아내를 주었는데 그녀가 바로 아름다움의 여신, 아프로디테다.

헤파이스토스의 신전은 오늘날에도 아테네의 아고라에 남아있다.

14. 오이디푸스Οἰδίπους

(영웅) 그리스 신화에 등장하는 도시 테바이의 왕.

어머니는 이오카스테, 아버지는 라이오스다. 오이디푸스란 이름은 '부은 발을 가진'이란 뜻이다. 라이오스와 이오카스테가 오이디푸스를 버릴 때 발목을 묶어서 버린 데서 유래한다.

아버지를 죽일 것이라는 예언을 안고 태어난 탓에 부모에게 버려진 후 우여곡절 끝에 코린토스의 왕인 폴리보스와 아내 메로페에 의해 성장했다. 오이디푸스는 자신에게 내려진 예언을 듣게 되고, 이에 코린토스를 떠나 여행을 하다 테바이에서 만난

노인과 시비 끝에 그를 죽이고 만다. 이후 괴물 스핑크스를 죽여 그 공으로 왕이 된 오이디푸스는 전왕의 아내와 결혼해 에테오클레스와 폴리네이케스, 안티고네, 이스메네를 낳으며 나라를 잘 다스렸다. 그러다 갑자기 창궐한 전염병의 원인을 아폴론 신전에 묻던 중 자신이 아버지를 죽였다는 것, 그리고 지금의 아내가 바로 자신의 어머니라는 것을 알게 된다. 예언이 모두 실현되었음을 알게 된 오이디푸스는 자신의 눈을 찌른 뒤 딸 안티고네에 의지해 세상을 떠돌다 외롭게 죽는다.

15. 헤라클레스 Hēraklēs

(영웅) 그리스 신화에서 가장 힘이 센 영웅.

제우스와 알크메네 사이에서 태어났으며 헤라의 질투 탓에 미움을 많이 받았다. 그러나 제우스는 그를 무척 아껴서 무예와 음악을 배우도록 했다. 열여덟 살 때 암피트리온의 소를 습격한 키타이론 산의 사자를 무찔렀고, 이웃나라 오르코메노스의 왕을 쓰러뜨렸다. 그 공으로 테베이의 왕 크레온이 자신의 딸 메가로 하여 아내를 삼게 한다. 그러나 헤라의 저주로 정신착란을 일으키고 메가라와의 사이에서 낳은 자식들을 죽였다.

그 후 자신의 죄를 씻기 위해 티린스의 왕 에우리스테우스를 보필해 12공업을 이룩한

다. 12공업은 네메아의 사자 퇴치, 레르네의 히드라 퇴치, 케리네이아의 사슴 사냥, 에리만토스의 멧돼지 사냥, 아우게이아스 왕의 가축우리 청소, 스팀팔로스의 새 퇴치, 크레타 황소 사냥, 디오메데스 왕의 네 마리 말 사냥, 아마존의 여왕 히폴리테의 띠 탈취, 괴물 게리온의 소 사냥, 님프 헤스페리데스의 황금사과 탈취, 저승의 케르베로스 사냥 등이다.

12공업을 마친 헤라클레스는 오이칼리아로 갔다가 다시 광란을 일으켜 그곳의 왕자 이피토스를 죽인 탓에 아폴론의 신탁에 의해 헤르메스의 노예가 되었다. 그 뒤 리디아의 여왕 옴팔레에게 팔려갔다가 그녀와 결혼, 아겔라오스와 라몬을 낳았다.

LEVEL UP-04

상식 폭 넓히기

4계절이 있는 이유?

지구는 약 1년 동안 태양을 공전하는 것과 동시에 북극과 남극을 이어주는 지축을 중심으로 하루에 한 번 자전한다. 그런데 지구가 태양을 도는 공전궤도와 지구의 지축은 수직이 아니고 약 23.5도 기울어져 있다. 때문에 태양이 지구에 닿는 각도가 조금씩 변하게 된다. 그중 태양이 지표면과 비교적 직각을 이루는 시기가 있는데 이때가 바로 여름이 된다. 반면 태양의 빛이 지표면 쪽으로 기울어서 비추는 시기는 겨울이 된다.

4계절은 지구 어디에서나 목격된다. 적도나 남극에서도 그 차이가 있을 뿐 분명히 계절이 존재하는 것이다. 하지만 우리나라처럼 위도 30도에서 50도에 위치하는 지역에서는 확실한 4사계절을 볼 수 있다.

만약 지구의 지축이 공전궤도와 수직이었다면 계절의 변화가 없는 심심한 세상이었을지도 모르겠다.

카오스
Chaos/khaos

만물발생 이전의 원초 상태.

원래는 '하품'이란 뜻을 가지고 있다. 그리스 신화를 후대에 남겨준 헤시오도스의 《신통기神統記》에서는 공허한 공간이란 표현으로 설명했다. 그리스인의 우주개벽설kosmogonia에 근거하고 있다. 미분화한 혼돈 상태를 뜻하기도 하며 우주가 탄생하기 전을 말한다.

'혼돈混沌'이라고 번역되는 경우가 많으나, 원래는 직역하면 '입을 벌리다chainein'란 말로 '캄캄하고 텅 빈 공간'이란 뜻을 가지고 있다.

논리적으로는 자연을 바탕으로 만물을 이해하려 했던 이오니아 자연철학의 **우주론**으로 이어졌다.

우주론
Cosmology

045

우주 및 우주 속에서의 인간의 위치에 대한 정량적·수학적 연구에 대한 총칭.

우주에 대한 연구는 과학, 철학, 종교와 관련된 긴 역사를 갖고 있으나 '우주론'이라는 명칭은 크리스챤 볼프의 《일반 우주론Cosmologia Generalis》(1730년)에 기인한다.

헬레니즘 이전 고대사회에서의 우주는 종교와 분리되지 않았는데, 피타고라스 학파에 의해 신이 아닌 자연법칙이 우주의 천체 운동을 지배한다는 주장이 시작되었다. 이후 아리스토텔레스를 거쳐 프톨레마이우스에 이르러서는 실제 관측을 통해 지구를 중심으로 천체가 돌고 있다는 주장이 나왔다.

중세에는 과학의 암흑기로서 종교에 의해 세계가 지배되었다. 따라서 지구가 둥글고 태양을 중심으로 돌고 있다는 코페르니쿠스나 갈릴레이, 그리고 케플러의 주장은 이단으로 취급되어 종교재판에 회부되는 등 고난을 겪는다.

그러나 코페르니쿠스 들의 주장은 뉴턴을 거쳐 **아인**

128

슈타인, 프리드만, 로버트슨과 워커 들의 이론으로 발전했다. 오늘날에는 빅뱅 이론 및 급팽창 이론 들을 바탕으로 우주가 가속하고 있다는 것을 밝혀냈다.

은하계

LEVEL UP - 05

상식 폭 넓히기

태양도 수명이 있다. 얼마나 될까?

태양이 태어난 것은 지금부터 약 45억에서 50억 년 전으로 추정되고 있다. 그런데 모든 물체에는 수명이 있다. 그렇다면 태양은 과연 얼마나 더 타오를 수 있을까?

태양은 높은 온도의 가스구로 언제나 수소원자의 핵융합이 일어나고 있다. 거대한 수소폭탄이 연속하여 폭발하고 있는 것과 같다. 이전에는 이런 수소원자의 핵융합이 앞으로 100억만 년은 계속될 것이라고 생각했다. 그러나 오늘날의 연구 결과에 따르면 태양의 수명은 100억 년 정도일 것으로 본다. 이는 태양의 연령이 현재 45~50억년이라고 생각할 때 앞으로 적어도 50억 년은 끄떡없다는 얘기가 된다. 적어도 우리가 살아 있는 동안에는 걱정할 필요는 없을 것 같다.

알베르트 아인슈타인

Albert Einstein

## 046

독일 태생의 이론물리학자(1879.3.14~1955.4.18).

광양자설, 브라운운동이론, **상대성이론**을 발표했고, 통일장이론을 발전시켰다.

1879년 독일 울름에서 유태인 가정의 아들로 태어나 청소년기에 이미 수학과 물리학에 흥미를 갖기 시작했다. 아라우 주립학교와 취리히 연방공과대학 물리학과 졸업 후 특허국에서 5년 간 근무했다.

1905년 빛이 에너지 덩어리로 구성되어 있다는 광양자설, 물질이 원자구조로 이루어져 있다는 브라운 운동이론, 특수상대성이론을 발표했는데, 그중 브라운 운동이론은 분자물리학에 새 지평을 열었다는 평가와 함께 그를 1911년 국제물리학회에서 세계적 물리학자로 인정받게 해주었다. 또 1916년에는 일반상대성이론을 발표해 1921년 노벨물리학상을 받았다.

유대인 출신으로서 유대민족주의와 시오니즘 운동을 지지했지만 근본적으로는 양심적 병역 거부, 무기 개발 반대, 반나치운동을 편 평화주의자였다. 하지만 히틀러가 원자폭탄에 대한 연구를 가속화하자 망명한 유대인 과학자들과 함께 미국 대통령 루스벨트에게 편지를 보내 원자폭탄의 필요성을 강조함으로써 미국으로 하여금 원자폭탄 연구에 박차를 가하게 한다. 그 결과 미국은 세계 최초로 원자폭탄을 투하하게 되는데, 그곳이 바로 일본의 히로시마다.

현재 미국에서는 아인슈타인 상을 제정, 해마다 두 명의 과학자에게 시상하고 있다.

047 ● 상대성이론
Theory of Relativity(相對性理論)

아인슈타인이 만든 특수상대성이론Special Theory of Relativity과 일반상대성이론General Theory of Relativity의 총칭.

상대성이론은 자연법칙은 관성계에 대해 불변하지만 시간과 공간이 관측자에 따라 상대적이라는 이론이다. 특수상대성이론은 좌표계의 변환을 등속운동의 특수상황에 한정하며, 일반상대성이론은 좌표계의 변환을 일반운동까지 일반화한다. 이런 상대성이론과 양자론의 등장을 계기로 현대물리학이 시작됐다. 뉴턴 역학과 맥스웰의 전자기학이 고전물리학이라면 현대물리학은 보어, 하이젠베르크, 플랑크, 슈뢰딩거, 디락 등이 주축을 이루는데 그 중심에 아인슈타인이 있다.

1905년 발표된 특수상대성이론은 빛의 속도가 일정하고 모든 자연법칙이 동일하다면 시간과 물체의 운동은 관찰자에 따라 상대적이라는 주장을 바탕으로 하고 있다. 모든 관찰자에게 보편적이고 절대적인 시간이 존재한다고 주장하는 뉴턴의 역학과는 달리 특수상대성이론에서의 시간은 측정의 기준틀에 따라 다르다. 특수상대성이론은 전자기이론을 명확히 하는 한편 원자핵, 소립자 연구에도 중요한 역할을 했다.

1916년 발표된 일반상대성이론은 가속에 의한 영향은 중력과 동등하며 일정한 가속도를 가진 관측자에게도 물리법칙이 변하지 않는다고 주장한다. 일반상대성 원리에 의하면 시공간은 중력에 의해 변화되며, 중력이 강한 곳의 시간은 중력이 약한 곳에 있는 시간보다 느리다고 설명한다. 따라서 강한 중력장 내에 있는 원자에서 방출된 빛의 진동수는 약한 중력장 내에서의 빛보다 낮은 진동수 쪽으로 이동한다. 일반상대성이론의 중요한 예측 중 하나는 태양 근처를 지나는 빛이 태양에 의해 생긴 시공간의 휘어짐 속에서 굽어져야 한다는 것인데, 1919년 일어난 개기일식 중 별빛이 태양을 지나면서 구부러지는 현상을 관찰함으로써 증명되었다. 아울러 일반상대성이론은 팽창우주론과 블랙홀 같은 우주 현상도 설명한다.

새로운 시간과 공간의 구조에 대한 상대성이론은 철학적으로 조작주의操作主義와 경험주의에 큰 영향을 주었다. 베르그송이나 화이트헤드로 대표되는 **형이상학**形而上學의 기초가 되었다.

133

형이상학
Metaphysics(形而上學)

존재의 근본을 연구하는 학문.

형이상학, 즉 'Metaphysics'는 그리스어의 메타 meta(뒤)와 피지카physika(자연학)의 결합으로 이루어진 말로 **아리스토텔레스**의 유고 전집을 정리하는 가운데서 발견되었다.

그는 철학에 있어 가장 첫 번째가 되는 과제를 실체란 무엇인가를 해명하는 것이라고 하면서, 그중 동식물을 연구하는 것을 '자연학'이라고 했다.

형이상학에 대해 동서양은 서로 다른 견해를 갖고 있는데, 서양에서는 '인간은 형이상학적 진리들을 직접적인 경험으로 알 수 없다'고 여긴 반면 동양에서는 '형이상학적 진리들을 직접적인 경험으로 알 수 있다'고 여긴다.

형이상학의 20세기 대표 철학자

1. 앙리-루이 베르그송 Henri-Louis Bergson

프랑스의 철학자(1859.10.18~1941.1.4).
인간의 생명을 가장 중요시한 '생의 철
학'을 주장, 창조적 진화의 철학이라는
찬사를 받았다. 학문적으로, 대중적으
로 호소력을 겸비한 문체의 대가이기도
했다.

1859년 프랑스 파리에 태어나 1868년 아홉 살에 교육 환경이
좋은 리세 보나빠르트 Lycee Bonaparte 고등학교에 입학, 불문
학, 수학 등에 재능을 보인 수재였다. 프랑스의 전국 학력경시
대회에서 라틴어 작문, 영어, 기하학, 불작문, 수학 부문 1등을,
그 외 과목에서 3, 4등을 차지할 정도였다. 1877년 수학경시대
회에서 제시된 그의 논문 〈파스칼의 세 개의 원에 대한 해법〉은
수학연감에도 실렸다. 이후 철학으로 진로를 바꿔 후에 현대철
학 교수가 된다.

《창조적 진화》, 《도덕과 종교의 두 원천》으로 대표되는 그의 저

서들은 매우 이해하기 쉬워 대중적으로도 인기가 높았다.

한편 《지속과 동시성》란 책으로 아인슈타인과 시간개념에 대한 논쟁을 벌여 세인의 주목을 받기도 했다. 1928년에는 그간의 공로를 인정받아 노벨문학상을 받았다.

2. 앨프레드 노스 화이트헤드Alfred North Whitehead

20세기를 대표하는 철학자이자 수학자(1861.2.15~1947.12.30).

기호논리학記號論理學(수학적 논리학)의 기초를 확립하는 데 공헌했다.

영국 남부 켄트 주 램즈게이트에서 태어났는데, 영국 국교회英國國敎會의 신부이자 사립학교 교장인 아버지 덕에 역사, 종교, 교육에 일찍 눈을 떴다. 1880년 케임브리지 대학에서 수학을 전공하고 강사가 되었다.

1910년에 런던 대학의 응용수학 교수가 되기까지 러셀과 수학의 논리적 기초를 논한 고전적인 《수학원리》세 권을 완성했고, 《자연이라는 개념》 등 과학철학에 관한 여러 저서로 철학자로서 업적을 이루기도 했다.

1924년 예순세 살 때로 하버드 대학의 철학 교수로 초빙되어 매사추세츠 주 케임브리지에 살며 《과학과 근대세계》, 《상징작용象徵作用》, 《과정과 실재》, 《사상의 모험》, 《사상의 제 양태》를 출간, 우주론 및 형이상학 체계를 건설하는 데 일조했다.

136

049 아리스토텔레스
Aristoteles

고대 그리스의 철학자(BC 384~BC 322).

플라톤의 제자이며 인간에게 가까운 자연물을 존중하고 이를 지배하는 원인들을 파악하려는 현실주의적 철학을 추구했다. 지금 남아 있는 저서의 대부분은 이 시대의 강의노트를 엮은 것이다.

기원전 384년 스타게이로스에서 출생했다. 열일곱 살에 플라톤의 아카데미에 들어갔다가 여러 곳에서 교수로 일했다. 기원전 335년에 리케이온에서 자신의 아카데미를 열었는데, 이것이 페리파토스 학파peripatetics(소요학파消遙學派)의 기원이 된다. 왕자 시절의 알렉산드로스 대왕의 교육을 담당하기도 했다.

그는 플라톤의 관념론적 **이데아**를 비판하고 독자적인 입장을 취했지만, 플라톤의 관념론에서 완전히 벗어나지는 못하고 관념론과 유물론 사이에서 동요했다. 그러나 그가 자연을 논하는 경우에는 유물론적 색채가 농후하다. 아리스토텔레스 철학의 관념론과 유물론의 양면은 후세의 철학 사상에 깊은 영향을 끼쳐서 관념론은 중세 기독교가 신학 체계를 세우는 데 기여한 반면 그의 유물론은 이러한 관념론을 타파하는 마르크스 유물론의 근거가 됐다.

한편 그의 우주론, 즉 천동설은 코페르니쿠스가 지동설을 주장하기까지 오랜 세월 동안 인류의 의식을 지배하기도 했다. 또한 자연학에 있어서도 아리스토텔레스의 업적은 크다. 자연학이란 운동하고 변화하는 감각적 사물의 원인 연구를 말한다. 아리스토텔레스는 여기에 네 가지 원인이 있다면서 재료, 형상, 작용, 목적을 들었다. 이러한 아리스토텔레스의 견해는 중세는 물론이고 르네상스를 거쳐 뉴턴에까지 영향을 끼쳤다.

알렉산드로스 대왕 사후 아리스토텔레스는 아테네 시민들로부터 고소를 당했다. 그가 신을 모독하고 있다는 것이 이유였다. 결국 신변에 위험을 느낀 아리스토텔레스는 고향으로 도망치듯 돌아갔고, 이듬해 눈을 감았다.

이데아

Idea

아이데스(보이지 않는 것)라고 불리기도 했다. 원래는 '보이는 것', 모양, 모습, 물건의 형식이나 종류를 의미했는데, 플라톤 철학에 의해 영혼의 눈으로 볼 수 있는 형상으로 인식하게 되었다.

플라톤에게 있어서 이데아는 이성理性만이 파악할 수 있는 영원불변하고 단일한 세계를 이룬다. 또 플라톤은 감각세계의 사물은 진실한 존재가 아니고 이데아만이 진실한 존재, 즉 필로소피아(철학)의 궁극의 목적으로 여긴다.

한편 **소크라테스**는 이데아를 윤리적·미적 가치 자체를 표현하는 말로 사용했다.

소크라테스
Socrates

고대 그리스의 철학자(BC 469~BC 399).

아테네 출생이며 자기 자신에게 있어 가장 소중한 것이 무엇인지 묻고 대답하는 철학적 대화에 중점을 두었다. 그러다 결국 고발되어 재판에서 사형을 선고 받았다. 그의 재판 모습과 임종 장면은 제자 플라톤이 쓴 철학적 희곡 《플라톤의 대화편》에 나오는 〈소크라테스의 변명〉과 같은 작품에 자세히 묘사된다.

그의 젊은 시절에 대해서는 별로 알려진 것이 없다. **플라톤**에 따르면 소크라테스의 아버지는 조각가인 소프로니코스, 어머니는 해산술을 업으로 하던 파이나레테였다고 한다. 청년시절엔 아버지와 함께 조각을 하면서 기하학, 철학, 천문학 등을 배웠고, 보병으로 세 번이나 전투에 참가했다. 기원전 406년, 1년간 정치에 참여한 적이 있지만 마흔 이후에는 교육에만 전념했다. 아테네의 몰락기엔 객관적이고 보편타당한 진리를 찾아서 이상주의적, 목적론적인 철학을 수립하려고 애썼다. 그는 지혜를 사랑하는 마음으로 정의, 절제, 용기, 경건 등을 가르쳤으나 '청년을 부패시키고 신을 믿지 않는 자'라는 죄명으로 고소되어 사형이 언도되었다. 그는 도망칠 수도 있었으나 태연히 독배를 마시면서 친구에게, '아스클레피오스에게 빚진 닭을 대신 갚아달라'고 말했다고 한다. 이때 '악법도 법이다'라는 말을 했다고도 하지만 확실하지는 않다. 다만 "철학을 포기하면 석방하겠다는 법정의 제안을 받았지만 자신이 철학을 하는 이유가 하늘의 명령이기 때문에 받아들일 수 없다."는 말을 했다고 플라톤은 전한다.

일생을 철학적 토론으로 일관한 서양철학의 위대한 인물로 평가되고 있는 소크라테스는 흔히 4대 성인으로 불린다. 그러나 소크라테스는 철학적인 글을 쓴 적이 없다. 소크라테스의 생애, 철학에 대한 지식은 그의 제자들과 당대 사람들의 기록을 통해 전해지고 있다.

플라톤은 소크라테스의 죽음을 목격했을까?

1787년 자크 루이 다비드가 그린 〈소크라테스의 죽음〉을 보면 소크라테스는 슬퍼하는 지인들에게 둘러싸인 채 당당하게 독배를 마시고 있다. 플라톤도 소크라테스가 죽을 당시의 모습을 기술하면서 독약을 마신 후 평화롭게 누운 채 서서히 몸이 굳어감을 느끼며 죽어갔다고 했다. 심지어 최후에 자신이 말을 걸었으나 대답이 없었다고도 했다. 그야말로 성인에 어울리는 처연한 죽음이다.

그러나 실제로 플라톤은 소크라테스가 죽을 때 곁에 없었다. 소크라테스가 키워낸 열네 명의 제자들이 모두 곁에 있었지만, 정작 플라톤은 몸이 아프다는 핑계로 참석하지 않았던 것이다. 당시 플라톤은 소크라테스의 평판이 좋지 않게 되자 스승을 멀리하고 있었다. 따라서 플라톤의 기술은 자신의 임의대로 기술한 것에 지나지 않는다.

독약을 마시고 평화롭게 죽는 사람은 없다. 게다가 소크라테스가 마신 독의 원료는 심한 구토와 함께 호흡기 마비, 온몸의 경련을 일으키는 것으로 알려진 독당근이었다.

## 052

플라톤
Plato

고대 그리스의 철학자, 형이상학을 수립한 학자(BC 428?~BC 348?).

영원불변의 개념인 이데아를 통해 존재의 근원을 밝히고자 했다. 1편을 제외한 그의 작품은 모두 철학적 논의로 되어 있으므로 '대화편對話篇'이라고 한다.

아테네의 명문가 출신인 플라톤은 정치에 뜻을 두었다가 소크라테스가 사형되는 것을 보고 정치를 버린 후 인간 존재의 참뜻을 추구하기 위해 철학을 탐구했다. 기원전 387년경에 아테네 근교에 학원 아카데메이아를 개설, 연구와 교육에 평생을 바쳤다.

소크라테스야말로 진정한 철학자라고 여긴 플라톤은 전기와 중기 '대화편'에서 대부분 소크라테스와의 추억을 담았다. 소크라테스가 '무지를 깨닫는 일'로부터 시작된 것이 철학이라는 철학적 명제를 만들었다면, 플라톤은 여기서 더 나아가 '시간 속에서도 영원불변한 것을 이데아'라 부르며 '이를 추구하는 영혼의 눈'을 강조했다.

플라톤 생전에 간행된 30편에 이르는 저서는 현재까

지 보존되고 있는데, 소크라테스가 주인공인 희곡 형태의 작품들은 연대에 따라 구성했다.

《덕이란 무엇인가》에는 〈소크라테스의 변명〉, 〈크리톤〉, 〈메논〉 들이, 《영혼불멸에 관한 장려한 미토스》라는 중기 대화편에는 〈파이돈〉, 〈파이드로스〉, 〈향연〉, **〈국가론〉** 들이, 철학의 논리적 방법에 대한 관심이 등장하는 후기 대화편엔 〈파르메니데스〉, 〈테아이테토스〉, 〈소피스테스〉 들이 실려 있다.

## 053

# 국가론
Poliiteia(國家論)

국가의 본질과 기능, 기원과 역사적 유형 등을 밝히려는 이론.

국가란 계급, 또는 사회의 공동이익을 위해 국민을 조직하고 지휘하는 강제적이고 포괄적인 정치조직으로서 공동의 이익을 위해 사회 전체를 통괄하고 지휘, 통제해야 할 필요성에 의해 등장했다.

사회 전체의 구성원들을 지배하는 강제적인 제도로서의 국가는 플라톤이 사회정의를 실현하는 유기체로 국가를 정의한 이래 홉스, 루소 등의 **사회계약론**과 헤겔의 절대정신에 의해 최고의 조직체로 정의되었다. 그러나 마르크스주의의 등장 이후 국가론은 계급적 지배를 은폐하려는 관념론으로 치부되었다. 따라서 국가를 특정 계급의 배타적 권력을 쥔 정치권력이라고 여긴 마르크스주의자들은 노예제도국가와 봉건제도국가, 자본주의국가로 구별해 비판했다.

현대의 국가론은 다원주의국가론과 도구주의국가론, 구조주의국가론으로 대별된다. 다원주의국가론은 서구 자유민주주의체제를 옹호한 것이다. 도구주의국가론은 마르크스주의에 의해 비판된 다원주의국가론을 부정하며 국가를 '계급지배의 공동이익을 위한 위원회'로 정의한 반면, 구조주의국가론은 마르크스주의의 도구주의를 배격하고 자본주의국가가 상대적 자율성을 가진다고 여긴다.

국가론의 가장 오래된 개념은 플라톤에 의한 정의로서 플라톤이 교사 시절 '국가 혹은 정의에 대하여'라는 부제로 저술한 10권의 저서에 나타나 있다. 이 책들은 중년의 플라톤이 다뤘던 '정의란 무엇이고, 그것이 인간 삶에 어떠한 의미를 갖는가'라는 질문에서 비롯되었는데, 정의란 국가 없이 존재할 수 없다는 개념으로 국가가 인간의 자연적인 필요에 의해서 생겼다고 여겼다. 그러나 권력자들이 철학적인 상태가 되지 않으면 국가와 인류에 커다란 불행이 될 수밖에 없다고 생각했다. 여기서 철학적 상태란 이데아를 인식하고 사랑하는 상태로서 플라톤은 무엇보다 선善의 이데아를 익혀야 한다고 주장했다.

## 054

사회계약론
Du Contrat Social(社會契約論)

근대 민주론民主論의 결정판.

프랑스 대사 몽테뉴의 비서로 이탈리아 베네치아에서 근무했던 **장-자크 루소**가 1743년 7월부터 1744년 8월까지 베네치아의 제도와 현실을 보며 구상한 '정치제도론'을 탈고하지 못함에 따라 대신 출간된 저서가 바로 《사회계약론》이다. 원제는 '사회 계약, 또는 정치권의 원리Du contrat social, ou principes du droit politique'.

모두 4편으로 되어 있는데, 제1편에서는 '태어날 때의 자유로 돌아가기 위해 개인의 자유를 보장하는 정부를 만들어야 한다'는 주장과 함께 '자유·평등·독립적인 인간을 위해 자유로운 사회계약에 의한 국가를 형성해야 한다'고 역설한다. 제2편에서는 자유 국가의 주권이 국민에게 있다는 것을 강조하고 있고, 제3편에서는 절대적 권위의 정부가 아닌 국민의 주권을 집행하는 기관으로서의 국가를 정의하고 있다. 국민은 정부를 감시하고 정부의 임명과 해임의 주체가 국민이라는 것을 강조하고 있다. 제4편에서는 정신적 지주로서의 국민적 종교

147

에 대해 기술하고 있다.

국가란 자유 평등한 인간끼리 계약에 의해 만든 인공물이기 때문에 법률은 만인의 일반 의지의 표현이며, 통치자는 선거로 뽑아야 한다는 그의 사상은 훗날 프랑스 혁명의 이론적 바탕이 되었을 뿐 아니라 현대 민주주의 사상의 근간이 되었다.

LEVEL UP-07
상식 폭
넓히기

프랑스 혁명 때 시민군은 바스티유를 왜 공격했을까?

파리 외각을 지키는 요새로 만들어졌던 바스티유가 감옥이 된 것은 루이 13세 때였다. 그러던 것이 루이 14세가 왕권에 반대하는 귀족, 문필가 등을 투옥하면서 전제정치의 상징으로 변모하게 되었고, 루이 16세 때 시민군이 바스티유를 습격함으로써 바스티유는 프랑스 혁명을 일으킨 실질적 도화선 역할을 한다. 이는 왕에게 반대했다는 이유로 투옥된 정치범들을 구함으로써 혁명에 정당성을 부여했다는 것으로 인식되어왔다. 그러나 이는 사실과 다르다. 혁명 당시 바스티유에는 정치범이 한 명도 없었기 때문이다. 그런데 왜 시민군은 바스티유를 공격했을까? 이유는 간단하다. 바로 화약과 무기를 손에 넣기 위해서였다.

또 우리가 알고 있는 것과는 달리 애초에 바스티유는 쉽게 장악되었다. 시민군에 의해 성문이 열리자 바스티유 수비대는 무기를 버리고 순순히 항복했던 것이다. 단, 이 상황을 몰랐던 뒤쪽의 시민군이 밀고 들어오는 과정에서 총격이 오고갔을 뿐이다.

역사는 승리자의 기록이다. 바스티유를 치열한 공방 끝에 함락시키고 많은 정치범을 구해냈다고 알려진 것은 시민군에게 정당성을 부여하고 영웅적 행동을 부각시키기 위한 혁명정부의 의도에 의한 것이었다.

장–자크 루소

055

Jean-Jacques Rousseau

프랑스의 계몽 사상가, 철학자, 사회학자, 소설가, 미학자, 교육론자(1712.6.28~1778.7.2).

스위스 제네바에서 가난한 시계공의 아들로 태어나 일찍 어머니를 잃었다. 청소년 시절은 숙부의 손에 자랐으며 열여섯 살 때 바랑 남작부인을 만나 신학교에 들어갔다. 이후 1732년부터 1740년까지 바랑 부인 곁에 살면서 음악과 독서 등 다방면에 걸쳐 교양을 쌓았다. 1742년에는 디드로와 달랑베르의 《백과전서》 편찬에 참여, 음악에 할당된 항목을 쓰고, 1752년에는 오페라 〈마을의 점쟁이〉를 작곡하기도 한다.

그 후 많은 저서들로 큰 성공을 거뒀지만 자신의 아이들 다섯 명을 모두 고아원에 버리는 등의 행동으로 세인의 입에 오르내렸다. 결혼과 함께 정착한 뒤 루소는 피해망상으로 괴로워하면서 《고독한 산책자의 몽상》을 썼다. 에르므농빌에서 사망한 지 11년이 지나 프랑스 혁명세력에 의해 사상적 지주로 추대 받으면서 1794년 파리의 팡테옹 성당으로 유해가 옮겨졌다.

평생 동안 많은 저서를 통해 지극히 광범위한 문제를 논했으나, 그의 철학적 기조는 '인간 회복'이었다. 즉, 인간의 본성을 자연 상태에서 파악하면서 물질과 정신이 영원히 함께 존재한다는 **이원론**의 입장을 고수했다.

사회학적으로는 봉건제도를 비판하고 부르주아 민주주의에 기반을 둔 시민의 자유를 주장했다. 즉, 인간은 평등하며 과도한 사유재산이 불평등을 낳는다고 보았으며 노동과 수공업을 우대했다.

그의 사상은 프랑스 혁명의 정신적 기반이 되었으며 그의 작품에 나타난 문체는 19세기 낭만주의 문학의 뿌리가 되었다.

## 056

# 이원론
Dualism(二元論)

세계나 사상을 두 개의 상호독립적인 근본원리로 설명하는 논리.

이원론을 철학 용어로 처음 사용한 사람은 C. 볼프로서 그는 독단론자를 일원론자와 이원론자로 나누고 후자를 물질적 실체의 존재와 비물질적 실체의 존재를 인정하는 자라고 했다. 한편 칸트는 경험대상으로의 사물(현상)과 사물 자체로서의 사물(물자체)을 구분하는 이원론을 제기했다.

철학적 이원론의 대표적 인물은 **데카르트**다. 그는 물심物心이원론을 주장하면서 정신과 물질은 서로 이질적인 것이라고 했다. 그에 반해 스피노자는 물심과 실체가 하나라는 일원론을 주장했다.

상호독립적인 두 개의 근본원리들에는 빛과 어둠(light and darkness), 선과 악(good and evil), 신과 자연(God and nature), 신과 물질적 우주(God and material cosmos), 정신과 물질(spirit and matter), 의식과 물질(consciousness and matter), 영혼과 육체(soul and body) 들이 있다.

057 ● 르네 데카르트
René Descartes

프랑스의 대표적 수학자, 중세와 근세의 철학자
(1596.3.31~1650.2.11).

방법론적 회의를 통해 철학의 대표적 제1원리인 '나는
생각한다, 고로 나는 존재한다Je pense, donc je suis.'라는 명
제를 선언하여 근대 이성주의 철학의 진수를 등장시켰
다. 수학자로서 데카르트는 처음으로 방정식 미지수에 x
를 쓴 것으로도 유명하다.

데카르트는 1596년 투르 인근의 소도시 라에(오늘날
의 데카르트)에서 태어났다. 귀족 가문으로서 그의 아버지
는 브르타뉴의 시의원이기도 했다. 일찍 어머니를 여의
고 외조모 밑에서 성장하다가 1606년 라 플레쉬 콜레주
College la Fleche에 입학, 8년 동안 중세식 인본주의 교육
을 받았다. 5년간 라틴어, 수사학, 고전 작가수업을 받
았고 3년간은 변증론, 자연철학, 형이상학, 윤리학 등의
철학공부를 했다. 이러한 공부는 특히 《방법서설》에 많
은 영향을 끼쳤다.

그 후 뿌아띠에Poitiers 대학 법학과에 입학해 수학, 자

연과학, 법률학, **스콜라 철학**들을 배우면서 수학에 몰두하게 된다. 졸업 후 군에 지원해 30년 전쟁에 출전, 1620년 제대 후 프랑스로 귀환해 1626년부터 파리에서 수학, 자연과학, 광학을 연구  했다. 1627년에 다시 종군한 후 자신의 방법론 체계를 세우기 시작했고, 네덜란드로 건너가 철학 연구에 몰두, 《방법서설》,《성찰》,《철학의 원리》,《정념론》들을 집필했다.

또 존재론과 인식론에 관한 연구 결과를 1641년 《제1철학에 관한 성찰Meditationes de prima philosophia》이란 제목으로 출간했다. 1650년 폐렴으로 사망했다.

그는 수학을 중시하며 철학도 수학처럼 명확해야 한다고 믿었다. 거기에서 나온 것이 바로 '나는 생각한다. 고로 존재한다'이다. 이 우주관은 18세기 프랑스 유물론에 영향을 주었고, 그로 인해 근대 철학의 아버지로 인정받았다. 수학에 있어서는 해석기하학을 창시해 근대 수학을 열었다.

스콜라 철학
Scholasticism

교부철학의 기독교 신앙을 체계적으로 정리, 논증하려 했던 중세철학.

스콜라 철학이란 용어는 중세 수도원의 구성원을 지칭하는 스콜라티쿠스Scholasticus에서 비롯되었는데, 신앙과 관련된 다양한 철학이론들을 양산해 사회전반에 파급시켰다. 철학을 신학에 접목해 기독교 철학을 발전시켜 중세의 정치, 경제, 문화 등에 지대한 영향을 주었고, 중세의 사유와 생활에 큰 영향을 끼쳤으며, 사상적 발전의 기초가 되었다.

교부철학의 뒤를 이은 스콜라 철학은 800년경부터 넓게는 16, 17세기까지 이어졌다. 초기 스콜라 철학은 에리우게나, 안셀무스, 아벨라르 등의 학자들이 활동했는데 교부철학과 철학적 논쟁을 벌이기도 했다.

스콜라 철학의 전성기는 13세기로 이때 아리스토텔레스 등의 고대 철학자들의 사상이 스콜라 철학에 포함되었다. 전성기 시대의 대표적 학자로는 알베르투스 마그누스와 토마스 아퀴나스가 있다. 후기 스콜라 철학자로는 로저 베이컨, 윌리엄 오컴 등이 있다. 마이스터 에 크하르트와 같은 기독교 신비주의 사상가에게 영향을 주기도 했다.

스콜라 철학의 목표는 기독교 신앙에 이성적인 근거 를 부여하는 것이었다. 스콜라 철학자들은 사상들을 비 교, 분석해 비판적으로 검증하는 방식을 구사했는데 이 러한 비판적 논증방법은 후대 사상가들에게 많은 영향 을 주었다.

14세기 스콜라 철학을 가르치는 학교 풍경

교부철학

059 ● Patristic Philosophy(教父哲學)

　고대 그리스도교 교부들의 철학·사상을 연구하는 학문.

　교부教父는 로마의 박해를 견디며 교회의 정통교리의 저술과 성스러운 생활로 가톨릭 교회의 기초를 이룬 저작가들로서 이들의 종교와 철학 사상을 교부철학이라고 한다.

　이들은 고대 문명 속에서 그리스도의 위치를 확보하고, 진리 자체인 그리스도에게로 인도하고자 했다. 즉, 그리스도 사상을 종합적인 세계관으로 확립함에 따라 중세 그리스도교의 신학 체계의 바탕이 된다.

　교부철학은 2세기에서 7세기, 혹은 8세기에 이르기까지 시대를 풍미, 교부철학자이자 《고백론》의 저자 **아우구스티누스**도 서유럽 그리스도교 사상을 형성하는 데 일조했다.

060 ● 아우렐리우스 아우구스티누스

Aurelius Augustinus

초기 기독교 교회의 대표적 교부이자 철학자 (354.11.13~430.8.28).

교부철학과 신新플라톤학파의 철학을 종합해 가톨릭 교의의 이론적인 기초를 다졌다.

오늘날 알제리 지역의 고대 지명인 북아프리카의 누미디아 출신으로 이교도 아버지와 그리스도교 어머니 사이에서 태어나 카르타고 등지에서 유학했다. 당시로서는 최고의 교육을 받으며 여러 사상을 편력한 후 386년에 가톨릭에 정착했다. 그의 그리스도교로의 개종에 큰 영향을 끼친 사람은 384년에 만난 밀라노의 암브로시우스 주교였다.

388년에는 사제司祭가, 395년에는 주교가 되어 활동하면서 많은 저작을 발표했는데, 저 유명한 《고백록》도 이때 발표된다. 그 후 430년쯤 침공해온 **반달족**에 맞서 시민들을 지휘하고 독려하여 도시 방어에 힘쓰다가 도시가 포위된 지 사흘 만에 숨을 거뒀다

신과 영혼에 특히 관심을 가진 아우구스티누스는 신

157

을 인간 속에 내재하는 참된 근원이라고 주장했다. 신을 찾고자 한다면 굳이 외계로 눈을 돌리려고 할 것이 아니라 스스로의 영혼 그 자체 속으로 통찰의 눈을 돌리면 된다고 역설했다. 그는 신앙과 이성은 결코 서로 반대되는 것이 아니며 서로 분리되어 있지 않다고 주장한다. 또 그는 자신의 경험에 따라 인간이 얼마나 심한 죄를 저질렀는지를 이해하면서도 인간의 구원 가능성과 인간의 책임을 모두 인정하려는 시도를 했다. 즉, 하나님의 은총은 자유를 올바르게 사용하도록 도와주고 자유를 완전히 제대로 사용하게 하지 자유를 파괴하지 않는다고 했다. '교회 외에 구원은 없다'라는 신앙과 사상을 역사철학의 형태로 전개한 것이 바로 그의 《신국론神國論》이다.

061 반달족
Vandals

5세기 로마제국을 침범한 게르만족의 일파.

북아프리카의 카르타고를 중심으로 국가를 건설했다. 서로마제국의 마지막 황제 로물루스 아우구스툴루스 황제를 폐위한 오도아케르도 반달족 출신이다.

429년 함대를 조직한 후 약 8만 명의 부족을 이끌고 지브롤터 해협을 건너 북아프리카를 침공했다. 북아프리카의 도시 히포 레기우스를 포위했고, 14개월에 걸쳐 공성전을 시도한 끝에 도시를 함락시키는 데 성공한다. 435년에는 로마와 평화협정을 맺어 동맹을 맺기도 했지만 이내 동맹을 깨고 439년 카르타고를 수도로 반달 왕국을 세웠다. 이후 35년 동안 가이세리크를 왕으로 한 반달 왕국은 대규모 함선을 조직, 지중해 연안의 로마제국 영토를 차례로 침략해 점령, 455년에는 로마까지 침공한다.

462년까지 아프리카의 반달 왕국은 북아프리카 전역과 시칠리아, 사르데냐, 코르시카 등 지중해의 여러 섬들을 지배하는 강력한 왕국으로 성장한다. 그러나 피지배민족을 종교적, 인종적으로 억압, 특히 가톨릭과 마니교를 심하게 박해했다. 반달 왕국은 가이세리크가 죽으면서부터 점차 쇠퇴하게 되었고 동고트족에게 시칠리아의 대부분을 빼앗겼다. 한때 가톨릭에 우호정책을 쓰기도 하고 친-로마 정책을 펴서 평화를 이룩하기도 했지만 결국 **비잔티움 제국**에 항복, 역사의 뒤안길로 사라졌다. 로마는 다시 이 지역을 지배하고 가톨릭 교회를 부활시켰다.

한편 이때 반달족의 로마 침공을 엄청난 충격으로 받아들인 로마인들은 실재 대규모 학살과 파괴 행위가 없었음에도 불구하고 무자비한 파괴행위를 가리키는 '반달리즘'이라는 말을 탄생시키기도 했다.

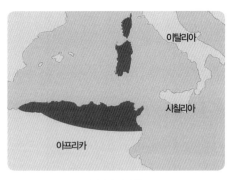

전성기의 반달 왕국

비잔티움 제국

062

Byzantium Empire

동·서로 분열된 중세 로마제국 중 동로마제국 (330~1453).

게르만 민족의 대이동으로 서방의 판도를 잃은 로마의 황제가 이를 수복하기 위해 보스포루스 해협에 있는 그리스 식민지 콘스탄티노폴리스(오늘날 터키의 이스탄불)를 제2의 수도로 삼은 것이 시초다. 이후 황제의 약해진 통치력으로는 제국을 혼자서 통치할 수 없다고 판단한 테오도시우스 1세는 동서로 나눠 자신의 아들들에게 서쪽을 맡기고 자신이 동쪽을 맡으면서 두 제국이 양립하게 되었다.

비잔티움이란 콘스탄티노폴리스의 옛 지명이다. 따라서 당시에는 '비잔티움 제국'을 제국의 이름으로 사용하지는 않았고, 그리스어로 로마제국을 의미하는 '바실레이아 톤 로마니온Basileia tōn Rōmaiōn' 혹은 '임페리움 로마노룸Imperium Romanorum'으로 불렀다. 비잔티움 제국이라고 불리기 시작한 것은 1557년 독일인 역사학자 울프 Hieronymus Wolf가 자신의 역사서에서 '비잔틴'이라는 용어

161

를 사용하면서부터였고, 후에 **몽테스키외** 등의 학자들에 의해 일반화되었다.

정치적으로는 로마의 이념과 제도를 이어받고, 종교적으로는 그리스도교를 국교로 삼았으며, 문화적으로는 헬레니즘을 기초로 했다. 언어, 문화, 생활 등 모든 면에서 그리스의 전통을 많이 따르면서 이탈리아 르네상스 형성에 기여를 한 비잔티움 제국은 1,000여 년에 걸쳐 십자군을 지지하는 등 이민족에 대해서 서유럽의 방파제 역할을 수행했다. 제국의 멸망은 일반적으로 1453년 5월 29일 오스만튀르크의 술탄 메메드 2세Mehmed Ⅱ가 콘스탄티노폴리스를 점령한 시기로 보고 있다.

비잔티움 예술의 걸작, 성 소피아 성당의 내부
터키 이스탄불

## 063

샤를–루이 드 세콩다 몽테스키외

Charles-Louis de Secondat Montesquieu

프랑스 계몽시대의 철학자, 정치사상가 (1689.1.18~1755.2.10).

프랑스의 남서부에서 태어나 줄리아 컬리지를 졸업, 스물여섯 살에 개신교 여인과 결혼했다. 장남이 아니었기 때문에 백부의 작위와 봉토를 계승하여 제2대 몽테스키외 남작이 된다.

몽테스키외가 보르도 지방법원의 원장으로 취임하게 된 무렵 잉글랜드에서는 명예혁명이 일어나 입헌군주제가 선포되었고, 1707년에는 연합법에 의해 스코틀랜드가 합병되어 그레이트 브리튼 왕국이 세워졌으며, 1715년에는 루이 14세가 사망하고 루이 15세가 즉위하는 등 주변 정세가 급박하게 돌아갔다. 또 프랑스의 구체제, 즉 **앙시앵 레짐**이 파열음을 일으키기 시작했다. 이러한 사정은 이후 몽테스키외의 주요 관심사가 되었고, 여러 편의 집필을 통해 당시 정치와 사회를 비꼬았다.

특히 《법의 정신L'Esprit des lois》은 법학 연구에 처음으로 역사 법학적, 비교 법학적, 사회학적 방법을 적용한

163

것으로 유명하다. 또 삼권분립설, 입헌군주제도론 등을 전개하는 한편, 전제주의를 공격하면서 '법은 각국의 여러 환경에 적합한 고유한 것'이어야 한다고 주장함으로써 정치사상에 커다란 영향을 끼쳤다. 그의 주장은 프랑스 혁명의 사상적 기초가 된다. 그러나 정작 프랑스 혁명이 일어난 후에는 삼권분립을 제외한 그의 주장은 실현되지 못했다.

앙시앵 레짐
Ancien Régime

1789년 프랑스 혁명 전의 절대군주제.

해석하면 '구체제', 혹은 '구제도舊制度'가 맞겠다. 프랑스 혁명으로 탄생한 새로운 체제와 비교해 이전 제도의 낡은 특징을 일컫는 말이다. 당시에는 **루이 14세**에 의한 정치체제를 비판하기 위한 말로 사용되었는데, 오늘날에는 어떤 정치적·사회적 타도·변혁의 대상을 이르기도 한다.

혁명 전의 프랑스에서는 제1신분의 성직자와 제2신분의 귀족이 각각 전체 인구의 1퍼센트와 2퍼센트를 차지하고 있었는데, 세금 면제의 혜택을 받으며 연금 수령, 관직 독점은 물론이고 토지의 약 30퍼센트를 소유하기까지 했다. 반면 인구의 98퍼센트를 차지하는 시민, 농민, 노동자 들의 제3신분들은 온갖 경제활동에도 불구하고 저임금과 과중한 세금에 시달리고 있었다. 이에 불만을 가진 시민계급이 구제도의 모순을 날카롭게 비판하기 시작, 나아가 혁명으로 전개되었다.

루이 14세
Louis XIV

프랑스 부르봉 왕조의 왕, 절대왕정의 대표적인 전제 군주(1638.9.5~1715.9.1).

루이 13세의 아들로 다섯 살에 즉위, 어미니 안 도트 리슈의 섭정과 재상 J. 마자랭의 보필을 받으며 통치를 시작했다.

루이 14세의 친정이 본격화된 것은 재상 마자랭이 죽은 1661년부터다. 왕은 곧바로 재상제를 폐지하고 자신이 직접 고문관회의를 주재, 자기의 결정사항을 집행하게 했다. 또 왕의 명령에 따라 손발처럼 움직이는 관료의 조직망을 전국적으로 설치했고, 파리고등법원의 칙령심사권을 박탈함으로써 법원을 단순한 최고재판소로 격하시켰다. 이로써 루이 14세는 '살아 있는 법률'과 같은 존재로서 무소불위의 권력을 소유, **전제군주제**의 상징이 되었다.

왕은 콜베르를 재무총감으로 기용했는데, 콜베르는 중상주의 정책을 채택하여 보호관세에 의한 무역의 균형을 꾀하는 외에 산업을 육성하고 식민지의 개발을 추진하는 한편 플랑드르 전쟁(1667~1668), 네덜란드 전쟁, 아우크스부르크 동맹전쟁(팔츠계승전쟁), 에스파냐 계승전쟁을 강행함으로써 유럽의 지도권을 완전히 장악했다.

한편 1685년 낭트 칙령을 폐지하고 신교도를 박해함에 따라 상공업에 종사하던 신교도들이 국외로 이주, 프랑스 산업은 타격을 받았다. 또 여러 차례의 대외전쟁과 화려한 궁정생활로 프랑스 재정의 결핍을 초래, 후에 프랑스 혁명의 불씨가 된다.

## 066

전제군주제
Despotic Monarchy(專制君主制)

군주가 절대의 권한을 가지는 정치체제.

법률이나 합법적인 반대 세력의 의견을 무시한 채 나라와 국민을 무제약적으로 통치하는 권력을 군주가 갖는 정치체제를 의미한다.

중세시대의 군주는 귀족들의 수장으로서 권력이 거의 없었다. 그러나 중세 후기 무렵 강력한 화력을 가진 대포로 무장한 군대를 가지게 되면서 점차 군주의 힘이 강력해졌고, 이를 이론적으로 견고히 하기 위해 잉글랜드의 제임스 1세가 주창한 '왕권신수설'을 내세우면서 왕실의 혈통을 옹호했다. 프랑스에서는 왕이 권력을 이용해 의회와 귀족을 밀어내는 데 성공했다.

이후 전제군주제는 **계몽사상**에 영향을 받은 일부 학자들에 의해 계몽전제주의의 형태로 지원을 받기도 한다. 그러나 프랑스 혁명과 미국의 독립전쟁 이후 사실상 끝이 났고, 대신 주민 주권론에 기반한 정부에 대한 논의가 형성되었다. 반면 러시아는 혁명이 일어난 20세기까지 차르를 중심으로 한 전제군주제를 유지했다.

오늘날에도 군주제를 채택하고 있는 나라도 있으나 대부분 입헌군주제이고, 사우디아라비아, 브루나이, 바티칸, 카타르, 쿠웨이트, 바레인, 스와질랜드 들만이 전제군주제를 채택하고 있다. 그렇다 하더라도 왕의 권력은 과거 15세기에서 17세기의 그것과는 비교가 되지 않는다.

절대군주제의 상징이 되어버린 베르사유 궁전
피에르 마르탱 작품

## 067

계몽사상
Enlightenment(啓蒙思想)

인간의 이성理性에 의해 의식이 형성되어야 한다는 사상.

근대 시민 계층의 대두와 함께 17세기 후반에 시작되어 18세기 프랑스에서 전성기를 이룬 사조로서 프랑스혁명의 사상적 배경이 되었다. 단어 자체는 빛이나 빛에 의해서 밝아지는 것을 의미하는데, 칸트가 《계몽이란 무엇인가》(1784)를 저술한 후부터 사용되었다.

계몽은 아직 자각을 못한 인간에게 이성理性의 빛을 던져주어 편견이나 미망迷妄에서 빠져나오게 한다는 뜻을 내포하고 있다. 또 철학을 신학神學에 대응하는 것으로 표현, 철학을 형이상학이 아니라 인간세계나 자연, 인생 등에 관한 지혜와 교양으로 보았다. 또한 신학이 죽음을 주제로 하는 데 반해 삶을 주제로 삼았다. 때문에 계몽사상들은 '어떻게 살 것인가'라는 과제와 함께 '어떻게 행복해질 것인가'라는 현세現世의 과제에 대해 고민했다. 흄, 홉스, **로크**를 비롯한 17세기의 영국 철학자들에 의해 본격화되기 시작해 몽테스키외, 볼테르, 루소 등 프랑스 사상가와 문학가에 이르러 절정을 이뤘고, T. 레싱, J. G. 헤르더를 비롯한 독일의 여러 사상가에게까지 그 영향을 미쳤다. 한편 계몽사상의 전개와 수용에 있어서는 각 나라마다 큰 차이를 보인다. 먼저 명예혁명을 통해 일찍이 시민혁명을 이룩한 영국은 대체로 온건한 내용을 취했다. 즉, 인식론 측면에서는 경험론을, 종교적 측면에서는 이신론을 취한 것이다. 그러나 절대왕정이 18세기까지 지속된 프랑스에서는 프랑스 혁명을 기점으로 한꺼번에 폭발하면서 유물론, 무신론 등과 같은 보다 과격한 형태를 취한다. 또한 영국과 프랑스에 비해 시민사회 형성이 늦었던 독일은 시민에 의해서가 아니라 프리드리히 2세가 주도한 위로부터의 계몽이라는 변칙적인 형태로 진행된다.

독일의 계몽사상을 주도했던 프리드리히 2세

존 로크
John Locke

잉글랜드 왕국의 철학자(1632.8.29~1704.10.28).

가장 영향력 있는 계몽주의 사상가이자 자유주의 이론가로 이름이 높다.

1632년 법조인의 아들로 태어나 청교도식의 엄한 교육을 받으며 유년시절을 보냈고, 옥스퍼드 대학 크리스트 칼리지에서 논리학, 윤리학, 수학, 천문학을 두루 공부하던 중에 데카르트 철학을 접한다.

1665년에서 1666년까지 공사 비서로 독일 브란덴부르크에 머문 것을 계기로 약 10여 년간 정치무대에서 활동하던 중 독일 에슐리 경 반역사건에 연루되어 네덜란드로 망명했다가 사면되어 귀국했다. 명예혁명 후 공소원장에 임명되기도 하는 등 활발한 정치 활동을 펴면서 망명 중에 집필한 《인간 오성론An Essay Concerning Human Understanding》을 발표, 일약 유명해졌다.

로크는 자연 상태에서의 인간은 정치적인 존재가 아니라고 말한다. 그저 신에게 부여받은 정당한 권리를 소유하고 있을 뿐인데, 그것은 바로 재산을 가질 수 있는 권리다. 하지만 이 소유 권리에는 한계가 있다. 자신이 사용할 수 있는 한도 내에서 소유해야 한다는 것이다. 그리고 남는 잉여생산물로는 물물교환을, 그리고 이를 편하게 하기 위해 돈을 발명했다고 설명하면서 자연법칙을 어기지 않는 한도 내에서 자신의 재산을 증식할 수 있었다고 말한다.

또한 그는 자연법칙이 존재하는 한 인간은 자유를 누릴 수 있다고 주장했다. 그러면서 인간에게는 재산과 자유를 보다 더 효과적으로 지키기 위해 다른 어떠한 기관이 필요하다고 역설한다. 이 과정에서 등장하는 것이 바로 '사회계약설'이다. 사회계약설에 의한 국가는 절대 권력을 행사하는 기관이 아니고 입법부가 정한 법에 의해 행정부에서 통치되는 기관으로 최소한의 안전보장을 그 목적으로 한다. 이른바 **야경국가**론을 편 것이다. 아울러 국가가 그 기능을 제대로 수행하지 못한다면 국가와 계약을 성립한 국민에 의해 파기될 수 있다고 주장한다.

John Locke

로크의 친필 서명

069 ● 야경국가
Night-Watch State(夜警國家)

국민의 최소한의 안전보장만을 위한 권력만 소유한 국가.

야경국가의 임무는 강탈과 도적으로부터의 보호, 국방이다. 따라서 국가는 개인의 자유나 재산에 대해 그 어떠한 침해도 할 수 없다. 19세기까지의 극단적인 개인주의 및 자유방임주의에 기반을 두고 있다.

야경국가는 사업혁명 후 사회구조가 변화하고 노동계급의 집단의식이 고취된 가운데 로크의 시민정부, 애덤 스미스의 경제적 방임주의, **벤담**의 최대 다수의 최대 행복 들처럼 개인의 자유와 권리를 옹호하는 데 유효한 이념들이 강조되자 시민들은 개인의 자유와 권리를 옹호한다는 목적 아래 국가 권력 제한을 요구했다. 이들은 국가를 '필요악'으로 규정하고 대외적인 국방, 대내적인 치안 유지, 그리고 최소한의 공공사업을 제외한 나머지를 개인의 자유에 방임하라고 주장했다. 그러나 실은 신흥 부르주아 계급의 자유로운 이윤 추구를 정당화하기 위한 주장에 불과했다.

174

결국 자유방임주의에 입각한 야경국가의 국가관은 자본가의 자유만 보장하고 있다고 비판을 받았다. 여기에 자본주의가 발달함에 따라 빈곤과 실업, 금융과 같은 사회 경제적 문제가 대두되자 이대로는 사회 통합이 어렵다는 주장이 제기됨에 따라 점차 설 자리를 잃게 되었다. 이는 독일의 사회주의자인 라살레Ferdinand Lassalle 등에 의해 제기되었다.

오늘날의 국가는 야경국가에 대한 반성을 바탕으로 자본주의 발달로 야기된 여러 가지 사회문제를 국가가 맡는 형태로 발전했다. 이는 사회 집단의 다양화, 보통선거권의 확대 등 국민의 정치참여의 증대로 행정부의 권한과 기능이 꾸준히 확대된 데 그 원인이 있다. 이제 국가는 특정 집단만을 위한 야경국가에서 벗어나 국민의 삶의 질을 향상시키기 위해 국가가 적극적으로 노력하고 개입해야 한다고 보는 국가관, 즉 복지국가를 추구하고 있다.

야경국가를 비판한 라살레

제러미 벤담
Jeremy Bentham

070

런던에서 출생한 영국의 철학자이자 법학자 (1748.2.15~1832.6.6).

영국 산업혁명기의 급진 부르주아 사상을 대표한 인물로 인생의 목적을 '최대 다수의 최대 행복'의 실현에 있다고 말한다.

영국 런던에서 출생했다. 옥스퍼드 대학을 나와 변호사로 일하다가 철학에 몰두하면서 변호사를 그만두고 민간연구자가 되었다. 그는 당시의 법률을 모두 비판, 평생 이치에 맞는 성문법을 만들자는 운동을 벌였다. 한때 의회의 개혁과 같은 정치활동에도 관여했다.

벤담은 도덕과 입법의 기초 원리가 인간의 쾌락을 증대시키고 고통을 방지하는 데 있다고 한 **공리주의**의 주창자이기도 하다. 이런 관점을 바탕으로 강도, 계속성, 생산성, 연장성, 확실성, 원근성, 순수성이라는 일곱 개의 척도를 이용해 쾌락을 수적으로 산출하고자 하는 '쾌락의 계산법'을 만들기도 했다. 또 쾌락과 부는 그 양에 있어서 비례하지 않으며, 부에 의해 만들어지는 행복은 부의 양이 늘수록 줄어든다는 한계효용을 제시했다.
또 행복을 위해서는 경제적인 자유방임이 필요하며 한계
효용법칙에 의해 부가 평등하게 분배되어야 전체의 경제
적 욕망을 증대시킬 수 있다고 주장했다.

주요 저서로 《정부소론政府小論》(1776), 《도덕과 입법의
원리서설》(1789) 등이 있다.

## 071

# 공리주의
Utilitarianism(功利主義)

최대다수의 최대행복의 추구를 지지하는 도덕적이고 정치적인 학파.

19세기 중반 영국에서 등장해 가치 판단의 기준을 효용과 행복의 증진에 두어 '최대 다수의 최대 행복'의 실현을 목적으로 삼았다.

공리주의는 공리성utility을 가치 판단의 기준으로 하는 사상으로서 어떤 행위의 옳고 그름은 그 행위가 인간의 이익과 행복에 기여하는 유용성과 결과에 따라 결정된다는 주장을 하고 있다. 19세기 영국의 벤담, 제임스 밀, 존 스튜어트 밀 등이 대표적 사상가들이다.

공리주의는 크게 벤담의 '양적量的 공리주의'와 존 스튜어트 밀의 '질적質的 공리주의'로 나뉜다. 벤담은 《도덕 및 입법 원리의 서론Introduction to the principle of morals and legislation》(1789)을 통해 '최대 다수의 최대 행복'을 도덕과 입법 원리로 제시했고, 밀은 쾌락의 질적 차이를 주장하며 벤담의 사상을 수정, '만족한 돼지보다는 불만족의 인간이 낫고, 만족한 바보보다 불만족한 소크라테스가 되는 것이 낫다'고 말했다.

공리주의에 있어서 인간은 쾌락을 추구하고 불행을 피하려는 본성을 지닌 존재다. 따라서 인간 행동의 윤리적 판단도 이런 기준에 따라야 한다고 주장했다. 따라서 인간의 쾌락과 행복을 위한 행위는 선이며 고통과 불행을 만드는 행위는 악으로 규정했다. 이런 행위의 선악을 쾌락의 기준으로 판단하는 원리를 '공리의 원리Principle of Utility'라고 한다.

이런 주장은 결국 **경제적 자유주의**를 옹호하게 만들었다. 이에 따라 19세기 공리주의는 곡물조례의 폐지와 자유무역을 주장한 자유주의적 경제개혁의 사상적 근거로 활용되었다. 특히 존 스튜어트 밀은 노동입법과 단결권의 보호, 토지의 공유 주장 등을 통해 사회개량의 방향을 제시했다. 이런 요소 덕분에 공리주의는 '다수결의 원리'에 기초한 민주주의적 정치제도와 사유재산 보호의 틀을 고수하는 복지사상에 영향을 끼쳤다.

## 072

경제적 자유주의
Economic Liberalism(經濟的自由主義)

경제적 활동에 대한 정부의 보호·간섭을 철폐하려는 정책동향.

개인의 경제적 활동을 자유롭게 방임하면 사회 전체의 경제적 번영도 실현된다고 주장한다.

자유주의는 크게 두 가지 요소로 구성되는데, 법률적, 정치적, 사상적 자유로 대표되는 형식적 자유이고, 경제적 자유로 대표되는 실질적 자유로 나뉜다.

경제적 자유주의는 절대주의 경제체제를 비판한 것으로 직업의 선택, 재산의 소유, 사적 이윤 추구, 계약 등과 같은 경제 활동에서의 자유를 인정하고 그 기능을 충분히 발휘하게 하면 조화와 정의의 원칙에 맞는 경제 질서가 실현된다는 생각을 그 바탕으로 하고 있다.

고전경제학을 대표하는 애덤 스미스에 의해 사상적 기초가 마련되었다. 그러나 이 시기 자유주의의 대상이 되는 사람은 오늘날처럼 국민 모두가 아니고, 자본을 가지고 있는 부르주아 계급이다. 노동자, 농민에게 참정권이 부여된 것이 애덤 스미스가 죽고도 50년이나 지난 프랑스의 '1848년 혁명' 때부터임을 감안하면 노동자가 경제 활동의 주체로 나선 것은 그보다 훨씬 뒤의 일이라 할 수 있다.

한편 자유경쟁의 원리에 따른 자본주의 경제는 자본주의가 발달함에 따라 문제점을 드러냈다. 바로 독점, 공황, 빈부의 차, 노동운동의 고양 등이 그것이다. 결국 경제적 자본주의는 수정자본주의를 탄생시킨다.

수정자본주의란 경제 활동에 있어서 '완전고용을 이루기 위해서는 국가가 일부 개입해야 한다'는 주장으로 케인스John Maynard Keynes에 의해 주창되었다. 따라서 '케인스 경제학'으로도 불린다.

그러나 케인스 이론을 도입한 수정자본주의 국가들이 실패를 거듭했고, 그에 따라 경제적 자유방임주의가 또다시 거론되기에 이른다. 이때 등장한 이론을 경제적 자유주의를 이었다는 의미로 신자유주의라고 한다.

신자유주의는 1970년 세계적인 불황과 함께 대두되어 '세계화', '자유화'를 내걸고 자유무역과 국제적 분업이라는 말로 시장개방을 주장한다. 결국 시장은 다시 실업, 빈부격차와 싸우게 되었고, 더불어 세계화라는 미명 아래 선진국과 후진국 간의 갈등이 초래되었다.

고전경제학
Classical Economics(古典經濟學)

경제사상사에서 최초의 근대 경제 이론으로 지목되는 경제학의 한 부류.

1776년 애덤스미스의 《국부론》에서 시작된 고전경제학은 17세기 프랑스의 **중농주의** 경제학을 기반으로 하고 있다. 중세부터 자본주의의 발현에 이르기까지의 사회 변화와 산업혁명의 결과 등을 설명하면서 개인의 이윤 추구가 어떻게 이러한 사회 구성의 변화를 가져왔는지에 대해 고찰했다.

경제학의 관찰 영역을 지배자의 이해관계에서 계급간의 이해관계로 전환했고, 시장 가격과 자연 가격의 개념을 도입했다. 고전경제학은 19세기 중반까지 경제 이론에 큰 영향력을 발휘했고, 1870년 시작된 영국의 신고전경제학 발현의 근원이 되었다.

중농주의
Physiocracy(重農主義)

18세기 후반 프랑스의 프랑수와 케네를 중심으로 전개된 경제이론 및 정책.

농민의 희생을 강요하는 중상주의 정책에 반대해 농업을 유일한 생산적 산업으로 정의, 농업의 자본주의화를 주장했다. 자연법 사상에 바탕을 두고 인간사회의 자연적 질서를 강조, 부의 순환만이 재생산을 유발할 수 있다고 역설했다.

프랑수와 케네가 만든 《경제표》에 의해 이론적 기반을 다진 중농주의는 자유방임정책을 펼쳐 곡물 수출의 자유 및 가격 통제 철폐를 주장했다. 지주계급이 받는 순 생산은 재생산 과정을 해치지 않고 자유롭게 처분할 수 있는 수입이므로, 농민의 수입이 아닌 지주의 수입에 대해서만 과세해야 한다는 '단세론'을 주장, 영주계급의 면세특권을 공격했다. 그러나 애덤 스미스의 경제학이 도입되면서 중농주의는 붕괴되었다.

경제표
Tableau Economique(經濟表)

프랑수와 케네의 경제 이론서.

1758년 발표된《경제표》와 1766년의《경제표범식經濟表範式》으로 구성되었다.

이 책에서 **프랑수와 케네**는 사회구성을 생산계급(농업 생산자), 지주계급(사제와 귀족), 비생산계급(상공업자)으로 나누고 이 계급들 사이에서 생산물이 어떻게 순환되는지 체계적으로 분석했다. 이러한 시도는 경제학을 처음으로 하나의 학문으로 발전시켰다는 점에서 의미가 깊다.

그는 중농주의적 측면에서 농업만이 잉여생산물을 만들어낼 수 있다고 여기고 농업을 가장 중요한 경제적 요소로 정의했다. 농업주의적 오류가 있지만 그의 경제순환에 대한 표식적 분석은 마르크스의 재생산표식이나 레온티예프의 산업연관표에 지대한 영향을 끼쳤다.

재생산표식과 산업연관표

1. 마르크스의 재생산표식 Schema der Reproduktion

사회적 총자본의 재생산 진행을 이론적으로 전개한 계수표식.

직접적인 생산 과정과 유통 과정을 포함하고 있는 자본주의의

재생산이 이루어지려면 자본은 화폐 및 상품 형태를 거쳐 다시

화폐 형태로 돌아가야 하는데, 이러한 사회적 총자본의 순환운

동을 도식으로 해명한 것이 재생산표식이다.

재생산표식은 사회적 총자본을 생산수단 생산 부문과 소비재

생산 부문으로 양분하고, 각각에서의 불변자본·가변자본 및 잉

여가치의 운동을 파악하는 형태로 구성되어 있다.

2. 레온티예프의 산업연관표 Input-Output Table

일정 기간 일정 지역 내에서 일어난 재화와 서비스의 모든 거

래를 나타낸 표.

창시자 레온티예프의 이름을 따서 '레온티예프 표 Leontief Table'

라고도 하는 이 표는 산업간 상호연관관계를 나타내는 국민경

제의 해부도라 할 수 있다.

이 표의 세로 방향은 각 산업에서 생산 활동에 사용된 요소의 구성을 나타내는 투입 구조를 나타내고, 가로 방향은 각 산업에서 생산된 생산물이 어떤 형태로 얼마나 팔렸는가 하는 상품의 배분구조를 나타낸다. 따라서 당해년도의 모든 재화와 서비스에 대한 총 투입액과 총 산출액이 나타나므로 국민경제 전체의 공급과 수요뿐 아니라 산업의 공급과 수요도 한눈에 파악할 수 있다.

Table III
Relative forward linkages – the Ebro Valley

Sectors	Returns	BDO$_5$	TSS	Nitrates	Phosphates
Cereal crops under irrigation	7.57	0.00	0.00	0.04	0.00
Industrial crops	2.73	0.00	0.00	0.01	0.00
Vegetables	2.20	0.00	0.00	0.01	0.00
Fruits	1.97	0.00	0.00	0.01	0.00
Other crops under irrigation	4.19	0.00	0.00	0.02	0.00
Dry land crops and others	0.00	0.00	0.00	0.01	0.00
Livestock	0.39	1.23	0.00	20.91	21.00
Energy	0.02	0.00	3.18	0.00	0.00
Metals	0.06	2.40	0.44	0.00	0.00
Non-metals	0.14	0.03	8.32	0.00	0.00
Chemicals	0.45	0.12	1.81	0.00	0.00
Motor vehicles	0.01	0.07	0.20	0.00	0.00
Dairy products and juices	0.19	15.62	2.99	0.00	0.00
Wine production	0.24	1.16	1.43	0.00	0.00
Other foods	0.06	0.03	0.22	0.00	0.00
Manufacturing	0.08	0.14	0.81	0.00	0.00
Paper	0.48	0.19	1.45	0.00	0.00
Construction	0.01	0.00	0.00	0.00	0.00
Hotels and catering	0.10	0.01	0.14	0.00	0.00
Health services	0.03	0.00	0.00	0.00	0.00
Other services	0.07	0.00	0.00	0.00	0.00
Average	1.00	1.00	1.00	1.00	1.00

레온티예프 산업연관표의 하나

프랑수와 케네

François Quesnay

프랑스 출신의 경제학자로 중농주의의 창시자 (1694.6.4~1774.12.16).

파리대학 의학부에서 수학, 1749년부터 루이 15세와 퐁파두르 부인의 전속의사가 되면서 귀족이 되었다. 베르사유 궁전에서 회합을 만들어 많은 지식인과 교류를 했으며 디드로와 달랑베르가 편집한 **《백과전서》**에 〈소작인론〉(1756), 〈곡물론〉(1756)을 게재했다.

《경제표》에서 농업만이 유일한 부의 원천이라고 주장하며 국내시장의 확장을 위해 자유방임정책의 실시와 세제개혁을 역설했다.

# 077 백과전서
Encyclopédie(百科全書)

프랑스의 사상가 디드로와 달랑베르 등이 여러 학문을 집대성하여 편찬한 저서.

원제는 《백과전서 혹은 과학, 예술, 기술에 관한 체계적인 사전Encyclopédie, ou dictionnaire raisonne des sciences, des arts et des métiers》. 프랑스 혁명의 사상적 배경이 되었다.

처음에는 이프라임 챔버스의 《백과전서》를 프랑스어로 번역하는 데서 출발했으나 디드로가 참여하면서 단순한 백과사전이 아니라 세상의 모든 새로운 개념, 능동적인 작가, 새로운 지식을 담아 전통적인 관념에 도전하는 무기로 변했다. 때문에 편찬 내내 정치적 압박이 가해졌고, 참여했던 많은 학자들이 등을 돌리기도 했다. 그러나 1759년부터는 법적으로 금지되지는 않았지만 탄압이 공공연해져 비밀리에 출판할 수밖에 없었다. 그러나 20여 년에 걸친 역작은 정부의 탄압을 두려워한 서점 상인들에 의해 몇몇 텍스트를 제거된 채 출판된다. **볼테르**, 몽테스키외, 루소, 케네 등도 집필에 참여했다. 1751년 첫 번째 권을 시작으로 1765년 마지막 권까

지 무려 35권, 71,818개 항목, 3,129개의 일러스트레이
션이 발행되었다. 그러나 마지막 권을 독자가 볼 수 있
었던 것은 출판되고 20년이 지난 1772년이었다.

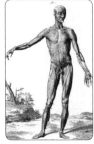
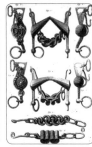

《백과전서》에 실린 일러스트레이션

078 볼테르
Voltaire

프랑스의 작가, 대표적 계몽사상가(1694.11.21~1778.5.30).

본명은 프랑수아 마리 아루에(François Marie Arouet), 볼테르는 필명이다.

파리의 공증인 집안에서 태어나 열두 살에 샤토뇌프 신부의 주선으로 '탕플Temple'이라는 문학 살롱을 접하면서 문학적 재능을 보이다가 스물네 살에 비극 《오이디푸스Oedipus》를 발표해 유명해진다.

평소 친하게 지낸 귀족이 하인들에게 가혹하게 구는 모습을 보고 결투를 요청했다가 바스티유 감옥에 투옥, 영국으로 건너간다는 약속을 하고 겨우 풀려난 것을 계기로 불평등과 전제정치에 관해서 비판적 성향을 갖게 된다. 그리고 이는 영국에서 로크와 **뉴턴**의 영향을 받아 더욱 강고해진다. 귀국 후 《자이르Zaïre》와 《철학서간 Lettres philosophiques》을 잇달아 출간했지만, 영국을 찬미하고 프랑스를 비방하였다는 이유로 책은 불태워진다. 그 후로 10년간 파리를 떠나 저술과 연구에 몰두한다. 1753년 이후로는 시, 극시, 우화, 소설, 수필 등 여러 작품을 발표해 전 유럽에 '볼테르 시대'를 이룩했다.

진보파의 영수로서 그가 살고 있던 곳의 지명을 따 '페르네 장로'라고 불렸고, 반봉건, 반교회 캠페인을 전개하기도 했다. 볼테르는 종교적 광신주의에 맞서서 평생 투쟁한 투사로서 '관용 정신이 없이는 인류의 발전도 문명의 진보도 있을 수 없다'는 내용을 바탕으로 당대의 지배적 교회 권력이었던 로마 가톨릭 교회에 대한 비판을 꾸준히 해나갔다.

디드로의 《백과전서》 집필에도 참여하는 등 철학자로서, 작가로서 왕성한 활동을 벌이다가 여든네 살을 일기로 생을 마감했다. 프랑스 혁명이 일어나기 두 달 전이었다.

아이작 뉴턴
Isaac Newton

079

영국의 물리학자·천문학자·수학자, 근대이론과학의 선구자(1642.12.25?~1727.3.31?).

수학에서는 미적분법 창시, 물리학에서는 뉴턴 역학의 체계를 확립했다. 잉글랜드 동부 링컨셔의 울즈소프에서 유복자로 태어났다.

어머니의 재혼으로 불운한 소년시절을 보낸 뉴턴은 1661년 케임브리지 대학교 트리니티 칼리지에 입학, 수학자 I. 배로의 지도를 받는데, 1664년 **흑사병**(페스트)의 유행으로 대학이 폐쇄됨에 따라 고향에서 사색과 실험으로 2년을 보냈다. 이때 그가 남긴 업적들의 기초를 이룩한다. 사과의 일화도 이때의 일이라고 한다. 1667년 대학에 돌아와 특별연구원과 전임특별연구원으로 활동하다 석사학위를 취득, 루카스 교수직에 부임했다. 1688년 명예혁명 때는 국회의원으로, 1691년에는 조폐국의 감사로도 활동했다. 1703년 왕립협회 회장으로 추천되고, 1705년 기사 작위를 받았다. 평생을 독신으로 보냈으며, 런던 교외의 켄징턴에서 생을 마감했다.

뉴턴 초기 연구는 광학 분야를 중심으로 이루어진다. 직접 수집·정비한 실험기구를 이용해 빛의 분산현상을 관찰, 특히 굴절률과의 관계에 대해 세밀히 조사한 결과 1668년 뉴턴식 반사망원경을 제작했고, 그 공적을 인정받아 1672년 왕립협회 회원으로 추천되었다. 같은 해에는 〈빛과 색의 신이론〉이라는 연구서, '뉴턴의 원무늬'의 발견 등으로 광학 발전에 크게 기여, 그 결과를 《광학》(1704)이라는 저서로 집대성했다.

수학에서도 그의 업적은 커서 이항정리二項定理, 무한급수無限級數, 유분법流分法(오늘날의 미적분법)을 발견해 그 성과를 논문으로 정리했다.

뉴턴의 업적은 역학 분야에서도 빛을 발한다. 일찍부터 중력에 큰 관심을 두었던 뉴턴은 지구의 중력이 달의 궤도에까지 미친다고 생각했다. 행성의 운동 중심과 관련된 힘이 거리의 제곱에 반비례한다는 사실을 자신이 창조해낸 유율법流率法을 이용해 수학적으로 설명함으로써 '만유인력의 법칙'을 확립했다.

뉴턴의 생가

영국? 잉글랜드?

보통 영국은 영어로 쓸 때 'The United Kingdom(영국연방)'이라고 쓰는데, 이는 하나 이상의 왕국이 합쳐졌다는 의미다. 즉, 영국은 잉글랜드와 스코틀랜드, 웨일스, 북아일랜드의 총칭이라 할 수 있다.

원래 영국의 원주민은 켈트 족이다. 이들은 바이킹과 로마제국의 침략을 통해 영국 본토의 북쪽과 서쪽으로 쫓겨나면서 각각 왕국을 세우는데, 북쪽의 켈트 족이 세운 왕국이 스코틀랜드이고 남쪽에 세워진 왕국이 웨일즈다. 그리고 본토에 남아 침략자들과 이들에 순응한 이들이 새운 왕국이 잉글랜드다. 이후 잉글랜드는 사실상 본토를 지배하면서 나머지 왕국에 대한 지배까지 하려 들었고, 이에 스코틀랜드는 지속적인 저항으로 어느 정도의 자치권을 확보한 반면 유순한 웨일즈는 순응한 탓에 특별한 자치권을 얻지 못했다.

잉글랜드, 웨일즈, 스코틀랜드가 있는 섬의 이름이 'Great Britain'이고, 여기에 북아일랜드를 합친 것이 영국이다. 이는 영국의 정식 명칭이 'United Kingdom of Great Britain and Northern Ireland'라는 것만 봐도 쉽게 알 수 있다.

역사적으로는 명예혁명으로 왕위에 오른 윌리엄 3세의 뒤를 이은 앤 여왕이 1707년 스코틀랜드와 잉글랜드를 합병함으로써 그레이트브리튼Great Britain 왕국을 성립시켰고, 빅토리아 여왕은 아일랜드마저 합병시켰다. 그러나 남부 아일랜드는 아일랜드 자유국으로 독립함으로써 북아일랜드만 오늘날 대영제국 소속으로 남게 되었다.

오늘날 각각의 지역은 독자적인 정부와 의회를 가지고 있다.

# 080 ● 흑사병
Pest(黑死病)

페스트균 감염에 의한 전염병.

흑사병은 원래 쥐와 같은 설치류들이 걸리는 질병으로 설치류의 수가 감소되자 죽은 동물에서 살던 벼룩들이 인간을 숙주로 삼으면서 발병했다. 1340년에 유럽에서 창궐한 이래 1700년대까지 100여 차례나 유럽을 휩쓸면서 당시 유럽 인구의 5분의 1에 해당하는 사람들을 죽음으로 몰아넣었다. 정치적으로도 **백년전쟁**이 중단되기도 하는 사태를 초래했다.

아시아를 기원으로 추정하고 있는 흑사병이 14세기 유럽에 전파된 경위로 가장 유력한 가설은 비단길을 통해 중앙아시아와 유럽을 점령한 몽골 제국이 1347년 카파(오늘날 러시아 남부 페오도시아) 성을 공격하면서 흑사병에 걸려 죽은 자국의 병사들을 투석기로 성 안으로 던졌고, 그로 인해 도시에 흑사병이 창궐했다는 것이다. 이때 도시 내에 있던 제네바 교역소의 일부 직원들이 감염된 채 성을 탈출해 시칠리아로 이동하면서 유럽으로 전파되었고, 여기에 전쟁, 기아, 기후 변화 등의 원인이 더해져

전 유럽으로 확산되었다고 한다.

당시 의사들은 원인도 모르는 채 약물과 식이 요법, 중세의 만병통치술이었던 사혈瀉血 외에도 부어오른 임파선 종을 잘라내는 시술과 불로 지지는 시술까지 시도했지만 실제로는 아무런 도움이 되지 못했다.

그러자 마녀나 악마, 이민족이나 이교도에게 그 원인을 묻고자 하는 경향이 나타나기 시작했고, 그 결과 유태인과 집시, 동양인과 흑인에 대한 학살 등 마녀사냥이 자행되기도 했다. 유럽의 유태인들이 제2차 세계대전 당시 북유럽에 많이 살았던 것은 바로 중세 유럽인들의 마녀사냥을 피해 이주한 결과다.

죽음과 그로 인한 공포는 중세인들의 생활과 예술에도 큰 영향을 끼쳤다. 당시 귀족들의 생활상을 낱낱이 살펴볼 수 있는 이탈리

〈죽음의 춤〉에 수록된 그림들
14세기 작품

아 작가 보카치오의 《데카메론Decameron》과 죽음을 해골로 묘사함으로써 당시 사람들의 우울하고 위축된 심성을 가장 잘 보여준 《죽음의 춤Death Dance》과 같은 작품들에 잘 반영되어 있다.

상식 폭
넓히기

비단길의 주인공은?

비단길, 즉 실크로드Silk Road는 중국과 서역을 연결해준 교통로로서 기원전 121년 중국의 장건張騫에 의해 세상에 알려지기 시작했다. 이 길의 이름이 비단길인 이유는 이 길을 통해 거래된 주요 품목이 비단이었다는 데 기인한다. 그러나 이는 사실과 다르다.

가장 많이 거래된 품목은 은이나 옥으로 추정된다. 당시 무역 중계를 담당했던 월씨족의 특산품이 옥이었다는 점, 중국에서 서역으로 통하는 관문의 이름이 '옥문관玉門關'이라는 점이 그 증거다. 그런데 왜 비단길이 된 것일까?

그것은 서역 입장에서 비단이 귀한 품목이었기 때문이다. 당시 뻣뻣한 천이나 동물의 가죽밖에 없었던 서역에서는 중국에서 온 부드럽고 광택이 좋은 비단에 매료되었고, 따라서 비단은 그 어떤 품목보다도 강한 인상을 남겼다. 이런 이유로 비단이 오는 길이라는 의미로 비단길이라는 이름을 붙였던 것이다.

081 백년전쟁

Hundred Years' War(百年戰爭)

중세 말기 116년에 걸쳐 일어난 영국과 프랑스 사이의 전쟁.

프랑스의 왕위 계승이라는 표면적 이유를 내세운 실질적 영토분쟁이다. 1066년 영국의 노르망디 왕조가 프랑스 본토의 영토를 소유하게 된 이후 프랑스 내 영국 영토가 점차 확장됨에 따라 영국 왕은 잉글랜드의 왕인 동시에 프랑스의 왕이라는 지위까지 갖게 되었다.

그런데 1328년 프랑스 카페 왕조의 샤를 4세 사후 그의 사촌 필리프 6세가 즉위하자 영국은 전왕이었던 에드워드 2세의 아내 이사벨라가 샤를 4세의 누이라는 점을 이용, 에드워드 2세와 이사벨라 사이에서 난 아들의 왕위 계승권을 주장함에 따라 양국 사이에 갈등이 시작되었다. 여기에 당시 유럽 최대의 모직물 산지로 영국이 장악하고 있던 프랑스 플랑드르 지역에 대한 프랑스의 탈환 의욕이 더해져 전쟁이 일어났다.

전쟁은 1340년 6월에 영국과 플랑드르 연합함대가 라인 강의 하구에 있는 오늘날의 브뤼헤를 봉쇄한 프랑스 함대를 공격하면서 시작되었다. 그리고 1428년 오를레앙의 **잔 다르크**에 의해 이제껏 영국에게 유리했던 전황이 역전되었고, 결국 1444년 투르에서 휴전을 함으로써 종결되었다.

백년전쟁은 봉건 귀족 세력을 약화시키는 대신 전쟁을 지휘하는 구심체로서의 왕권을 크게 신장시켰다. 또한 농노 해방의 진전, 부르주아 계급의 대두 등을 야기했다. 결국 영국은 의회와 국왕의 대립구도의 입헌군주국으로의 첫발을 내딛게 된다. 한편 프랑스는 다양한 계층의 의견을 수렴해 국정에 반영한다는 의도로 한때 삼부회를 설립했지만 결국에는 모든 권력이 국왕에게 집중되면서 이름만 남게 되었다. 삼부회가 다시 개최된 것은 프랑스 혁명 이후다.

백년전쟁을 묘사한 14세기 그림

잔 다르크
Jeanne d'Arc

백년전쟁에서 프랑스군대를 이끈 영웅(1412.1.6~1431.5.30).

프랑스 부농의 딸로 태어났다. 열두 살 되던 해 대천사 미카엘, 성 카타리나, 성 마거릿이 나타나 프랑스를 침략한 잉글랜드군을 몰아내고 왕세자 샤를(후에 샤를 7세)을 왕위에 올리라는 계시를 받았다고 한다. 열여섯 살이된 그녀는 정성과 진실어린 설득으로 간신히 샤를 왕세자를 만났고, 푸아티에에서 프랑스 교회의 성직자들로부터 도덕성 심사를 받은 뒤 프랑스군의 일원으로 오를레앙에 갈 수 있는 허가를 받았다.

일설에 따르면 왕세자는 잔 다르크를 시험하기 위해 자신의 옷을 시종에게 입혀 옥좌에 앉혀놓은 후 변장을 한 채 가신들 속에 섞여 있었는데, 방에 들어온 잔 다르크는 곧바로 초라한 차림의 진짜 왕세자에게 다가가 경의를 표했다고 한다.

전쟁에 나선 잔 다르크는 오를레앙에서 직접 주민들을 설득, 지지를 받은 뒤 최전선에 뛰어들어 전투를 승리로 이끌었는데, 주로 깃발을 들고 독려하는 역할을 담당했다. 또 이전과는 달리 적의 요새에 대한 정면공격을 단행했다. 이로써 이전까지 영국에 우세했던 전황은 프랑스군 쪽으로 돌아서게 된다. 그러나 1430년 5월 23일 콩피에뉴 요새를 방어하다 부르고뉴군에게 포로로 잡혔고, 성주의 몸값 요구를 샤를 7세가 무시함에 따라 잉글랜드군에 돈을 받고 넘겨진다. 당시 잉글랜드령이었던 노르망디 지방의 루앙으로 압송, 이단 혐의로 재판에 회부되어 증거 날조, 변호의 기회 및 항소권 박탈, 오랜 투옥으로 불리한 재판을 한 끝에 1431년 5월 29일 화형을 선고 받고 다음 날 화형에 처해진다. 이처럼 잔혹한 **마녀사냥** 후에도 군중들이 유골을 가져가지 못하도록 교회는 잔 다르크의 몸을 세 번 태운 후 그 재를 센 강에 버렸다.

샤를 7세는 1456년 7월 7일 명예회복재판을 열어 잔 다르크가 무죄임을 밝혔고, 교황 베네딕토 15세는 1920년 5월 16일 잔 다르크를 성녀로 시성했다. 무려 300년이나 지난 뒤의 일이었다.

계시를 받은 것의 진위 여부를 떠나 그녀가 백년전쟁에서 프랑스를 구한 영웅이었음은 분명하다. 그러므로 그녀의 죽음은 전쟁을 역전시킨 주범에 대한 영국의 보복이라 할 수 있겠다.

한 가지 재미있는 것은 재판을 주도했던 코숑 주교가

화형식 이후 면도를 하다가 갑작스럽게 사망한 것을 필두로 그녀의 죽음에 직접적으로 기여했던 재판관들이나 성직자들이 이후 행방불명되거나 요절했다는 점이다.

오늘날 잔 다르크는 핍박 받는 민중의 딸로, 세상을 바꾼 여성의 대명사로 추앙 받고 있다.

잔 다르크의 스테인드글라스
프랑스 세르비에르 교회

083 마녀사냥
Chasse aux Sorciéres

    15세기 이후 유럽 등지에서 행해진 마녀나 마법 행위에 대한 일련의 가혹 행위.

    사회 전반을 장악한 교회가 그 권력과 기득권의 유지를 위해 이단으로 보이는 여성들을 마녀로 몰아 고문, 재판, 사형에 이르는 일련의 행위들을 자행했다. 초기에는 마녀의 재판을 종교재판소가 전담했지만 이후 세속 법정이 주관하게 되면서 광기에 휩싸이게 된다.

    마녀사냥은 15세기 이후 이교도의 침입과 종교개혁으로 분열되었던 종교적 상황에서 비롯된다. 즉, 위기에 봉착한 교회가 종교적 번민을 해결하고 교회 권력을 유지하기 위해 마녀와 마법을 이단으로 몰아넣으면서 시작된 것이다. 여기에 종교전쟁, 30년 전쟁, 백년전쟁, 흑사병 등으로 피폐해진 농촌이 그 피폐의 원인을 마녀와 마법에서 찾으면서 가속화되었다. 결국 평소 눈 밖에 난 사람이 공동체의 희생양으로 지목, 심문과 혹독한 고문으로 마법을 부렸다는 자백을 받아낸 후 화형, 참수, 교수 등의 가혹한 처벌을 가했다. 미국의 인류학자 마빈

해리스의 연구 결과에 따르면 15세기에서 18세기에 이르는 동안 마녀 또는 마법사라는 죄목으로 처형된 사람이 무려 50만 명에 이른다고 한다. 특히 주로 여성이 대상이 되었는데, 이는 여성 그 자체가 원죄라는 기독교 관점에 기인한 것으로 보인다.

이탈리아 법학과 캐논 법을 근거로 한 **규문주의**(糾問主義) 소송절차를 채택함으로써 고문을 합법적으로 자행했던 마녀사냥은 르네상스를 거치면서 신학에 근거했던 과학이 자유를 얻게 됨에 따라 점차 존립의 근거를 잃게 되었다. 오늘날에는 그 어떤 근거도 없이, 또는 비상식적인 근거를 내세워 집단이 개인을 집중적으로 공격하거나 몰아세우는 것을 빗대는 말로 사용된다.

마녀와 마법사들을 고문했던 기구들

종교재판에서 갈릴레이의 죄목은?

천재 물리학자였던 갈릴레오 갈릴레이가 코페르니쿠스의 지동설을 지지
했다는 이유로 종교재판정에 섰다는 것은 잘 알려진 사실이다. 그렇다면
갈릴레이가 재판을 받게 된 이유, 즉 죄목은 무엇일까?

하나님이 창조하신 지구를 중심으로 돌고 있다는 신학적 주장을 한 교회
에게 있어 코페르니쿠스의 지동설은 교회의 근간을 흔드는 이단적 주장
이었다. 따라서 이를 강력하게 지지한 갈릴레이도 종교재판에 회부되기
에 이른다. 그러나 우리가 알고 있는 것과는 달리 갈릴레이는 감옥에 감
금되지도 않았고, 고문도 받지 않았다. 후원자 메디치 가문의 저택에 머물
었고, 재판 후에는 곧바로 로마를 떠났을 정도로 자유로웠다. 이는 교회가
과학자로서의 갈릴레이를 존중하고 있었기 때문이었다. 따라서 교회는 갈
릴레이에게 이단이라는 죄목이 아닌 교회 불복종의 죄목으로 재판을 열
었고, 그가 자신이 말을 철회함과 동시에 그를 자유의 몸이 될 수 있게 편
의를 봐주었다.

이단의 죄목으로 재판을 받으면 살아남기가 사실상 어려웠다. 즉, 이단으
로 찍힌 사람은 각종 고문으로 자백을 받아내는 것이 당시 관례였다. 코
페르니쿠스의 지동설을 주장했다는 이유로 이단 전문 종교재판에 회부되
었다가 고문 끝에 화형을 당한 이탈리아 철학자 조르다노 브루노가 그 예
다. 따라서 갈릴레이가 살아날 수 있었던 것은 이단이 아닌 불복종이 죄
목이었던 덕분이고, 이는 교회가 그만큼 갈릴레이의 천재성을 사랑하고
있었던 이유라 하겠다.

084 규문주의
Inquisitionsprinzip

    소송절차가 법원의 직권에 따라 행해지는 심리 및 재판에 관한 주의.

    심리 개시와 재판의 권한이 법관에게 집중되어 있다. **신성로마제국**이나 근세 초기의 절대주의 국가에서 행해지던 재판이 모두 여기에 근거하고 있다. 이 경우 소추권, 증거 수집권, 심판권 등을 모두 법원이 소유하기 때문에 재판 과정이 신속하다는 장점이 있지만 수사, 심리 개시, 증거 수집 등의 업무까지 법관에게 귀속됨으로써 법원은 공정한 재판 활동보다는 소추 기관으로서의 활동에 치중하게 된다. 또한 피고인이 되는 사람은 심리나 심사의 객체에 불과하기 때문에 자신을 충분히 방어할 수 없다.

    프랑크 시대를 시작으로 이노센트 3세(1198~1216) 때 채택되어 중세 유럽의 각국으로 퍼져나갔다. 《카롤리나 법전》이 이를 근거로 한 대표적인 법전이다. 프랑스 혁명 이후에 국가 소추에 의한 탄핵주의로 대치되었다.

세계사에 빛나는 법전들

1. 우르남무 법전Code of Ur-Nammu

현존하는 가장 오래된 법전.

기원전 2100년에서 기원전 2050년 사이에 점토판에 기록되었다. 수메르어로 쓰여 있다.

메소포타미아 니푸르에서 처음 발견된 법전은 1952년 사무엘 크레이머에 의해 번역되었으나 프롤로그와 법의 5개 항만이 구별 가능했다. 그 후 우르에서 추가로 발견됨에 따라 57개 항의 법 중 40개 항의 내용이 파악되었다. 함무라비 법전보다 약 3세기 앞섰다.

살인과 절도를 저지른 자에게는 사형을 언도한다는 등 각종 죄목에 따른 형벌과 벌금 및 보상에 대한 내용이 쓰여 있다.

2. 함무라비 법전Code of Hammurabi

함무라비 왕이 제정한 고대 바빌로니아의 법전.

1901년 프랑스와 이란의 합동 발굴 팀이 이란의 서남부. 걸프 지역 북쪽에 있는 고대 도시 수사에서 거의 원형의 모습으로

발굴했다. 높이 2.25미터의 흑요석 기둥으로 서문과 본문 282개조, 그리고 결문(結文)으로 되어 있다.

고대 법전으로서는 희귀하게 사법 私法의 영역에서 종교를 떠나 법기술적(法技術的)인 규정을 발달시켰으며, 특히 채권법은 내용적으로 진보되어 있다.

함무라비 법전의 상단 부
프랑스 루브르 박물관

함무라비 법전은 법전이라는 특징 외에도 설형문자의 연구를 촉진시켰을 뿐만 아니라 12표법, 헤브라이 법 등 여러 고대법의 비교법사적 연구를 발달시켰다.

3. 마누 법전Code of Manu

고대 인도의 법전.

'마누'는 인도에서 인류의 시조로 알려져 있는데, 이 마누가 신의 계시를 받고 만든 법이라고 전해진다. 사용된 언어는 산스크리트어로서 운문 형식을 취하고 있는데, 총 12장 2,684조로 이루어져 있다. 오늘날 전해지는 법전은 기원전 200년에서 기원후 200년 사이에 완성된 것으로 본다.

4종성 제도에 입각한 사회를 유지하고 브라만의 특권을 지키려는 목적으로 만들어진 것으로 추정되는 마누 법전은 국왕의 의무나 민법, 형법 외에도 의례, 제사, 일상 행사 등 인도인의 생활

전체를 규정했다. 가장 권위 있는 힌두 법전으로서 과거 2000년 간 존중되어오면서 동남아시아 각국에까지 큰 영향을 끼쳤다.

3. 12표법Leges Duodecim Tabularum

고대 로마의 성문법으로 로마 공화정과 로마적 전통의 근간.

제사장과 귀족들에게만 유리했던 이전의 법에 대한 반성에서 시작했다. 기원전 450년경에 10인 입법 위원회Decemviri를 구성, 법전 편찬을 위한 작업을 시작했다. 아테네 등 그리스의 여러 도시 국가들에 시찰단을 보내 이들의 제도를 배워와 기원전 450년에 열 개의 조항으로 구성된 법전을 만들었고, 기원전 449년에 두 개 조항을 더 추가해 완성시켰다. 상아로 된 판, 혹은 동판에 법문을 새겨 광장에 세워놓았지만 기원전 390년 켈트족이 습격했을 때 파괴되었다고 전해온다. 따라서 원문은 전해지지 않았고, 대신 3분의 1가량의 내용이 후대 저자들의 인용문들로 보존되었다. 문체는 간결하지만 법률적으로 명쾌하고 정확하다.

12표법의 12항목은 제1민사소송법, 제2민사소송법, 채무, 부모와 자녀, 상속법, 재산권, 부동산, 불법 행위, 헌정 원칙, 장례 규정, 결혼, 형법 들이다.

4. 카롤리나 법전Constitutio Criminalis Carolina

1532년 신성로마제국의 황제 카를 5세가 공포한 형사법전.

15세기 말에 시작해 18세기 말에 완성된 형사입법 중에서 유일한 통일법전이다. 모두 219조로 이루어져 있다.

종래의 독일법과 로마법을 정리, 가혹한 중세적 형벌을 탈피하고자 한 의도와는 달리 대부분 그대로 답습했다. 그러나 사적인 보복이 아니라 공권력에 의한 합법적 형벌이라는 관념을 확립함으로써 근세 절대주의 시대의 형법전의 전형이 되었다.

5. 나폴레옹 법전 Code Napolèon

나폴레옹 1세의 명으로 편찬된 민법, 민사소송법, 상법, 형법, 형사소송법 등 5법전.

프랑스 민법전의 별명이기도 하다. 1804년에 제정된 프랑스 민법전을 개정해 1807년 9월 3일 나폴레옹 법전으로 발표했다. 남프랑스의 로마법적 성문법과 북프랑스의 관습법을 통일했는데, 자유와 평등사상을 기반으로 사람, 물권物權, 재산 취득의 내용을 3편 2,281조로 구성했다.

나폴레옹의 유럽 제패에 힘입어 각국에서 시행되었고, 오늘날까지도 유럽에 독일의 일부, 벨기에, 네덜란드, 이태리, 불가리아, 루마니아 등에 그 영향이 남아 있다.

6. 경국대전 經國大典

조선의 기본 법전.

조선을 건국한 후 초기에 마련된 법전인 《경제육전經濟六典》을 바탕으로 이후에 만들어진 법령을 종합한 것이다. 조선을 건국한 세조는 개국 초기 영원불변의 법전을 편찬하고자 육전상정소六典詳定所 신설, 법전 편찬을 하도록 했다. 세조는 직접 법전을 심의하고 수정하는 등 정성을 들였다.

1460년에 재정, 경제를 다룬 《호전戶典》이 편찬되었고 그 뒤 《경국대전》으로 이름을 바꿨다. 1467년 전편이 완성되었으나 수정, 보완 과정에서 세조가 죽어 편찬되지 못했고, 1469년 예종 역시 편찬을 보지 못하고 죽었다. 1470년 성종이 즉위한 후 완성되어 1471년 시행되었는데 이름을 '신묘대전'이라 칭했다. 그 후에도 몇 차례 수정을 거쳐 1484년 《을사대전》을 완성시켰다. 오늘날 《경국대전》으로 전해오는 것은 《을사대전》을 말한다.

편제와 내용은 《경제육전》과 같이 여섯 개 분야이며 이, 호, 예, 병, 형, 공의 순서로 구성되어 있다. 경국대전이 시행된 뒤 《대전속록大典續錄》, 《수교집록受敎輯錄》 등의 법령집과 《속대전續大典》, 《대전회통大典會通》 등의 법전이 시행되어 그 본래의 내용은 많이 개정되거나 폐지되었다.

신성로마제국

Heiliges Römisches Reich(神聖羅馬帝國)

085

중세에서 근대 초까지 이어진 중부 유럽 나라들의 정치 연방체(962~1806).

프랑크 왕국의 오토 1세는 마자르 인(헝가리 인)의 침입을 격퇴하고 국경 방비를 견고히 하는 동시에 왕권에 대항하는 귀족 세력을 억압, 국왕의 지배력 강화를 꾀했는데, 여기에 그리스도교회를 이용하려 했다. 따라서 귀족에게 빼앗겼던 교회의 재산을 돌려주고 고급성직자의 지위에 올려놓음으로써 국왕과 교회를 결합시켰고, 로마교황에게도 접근해 교황을 괴롭히던 현지의 귀족을 토벌하고 교황을 구출해냈다. 이에 교황 요한 12세는 962년 로마에서 오토 1세에게 황제의 관을 씌워줌으로써 보답했고, 이로써 신성로마제국이 출범했다. 고대 로마제국의 부활·연장이라는 의미에서 초기에는 로마제국으로 불렸다. 그리스도교회와 일체라는 뜻에서 사용된 신성神聖을 붙이게 된 것은 프리드리히 1세 때인 15세기로 본다.

이후 이탈리아 지역에 대한 간섭은 본토에 대한 소홀

로 이어졌고, 이는 다시 여러 제후들로 분할되는 과정으로 이어져 끝내 제국의 황제는 독일 연방의 수장으로 전락하고 만다. 독일 연방을 구성하는 각각의 소국들은 **30년 전쟁**을 거쳐 독립적인 국가로 분할, 실질적인 의의를 잃고 단순한 형체만이 남은 신성로마제국은 나폴레옹에 의한 유럽의 변동에 의해 최종적으로 붕괴했다. 1804년 열여섯 명의 제국제후가 라인동맹을 조직하고 제국에서 분리하자 명목상 제국의 황제였던 프란츠 2세가 황제의 지위를 포기하고 제국의 소멸을 선언했다.

신성로마제국의 국기

신성로마제국이라는 국호를 처음 사용한 프리드리히 1세

30년 전쟁
Thirty years' War

로마 가톨릭 교회와 개신교 사이에 벌어진 종교전쟁 (1618~1648).

최대이자 최후의 종교전쟁으로 그 시작은 종교전쟁이 었으나 점차 각국의 이해관계가 얽히면서 무력 대결로 변질되었고, 스웨덴이 참전한 1630년 이후에는 강대국 간의 파워게임으로 변화했다.

종교적 성향이 강한 전반 2기와 정치적 성향이 강한 후반 2기, 이렇게 전체를 총 4기로 나눈다. '30년 전쟁' 이란 표현을 처음 쓴 사람은 17세기의 사무엘 폰 푸펜도르프Samuel von Pufendorf다.

1617년 가톨릭교도인 페르디난트가 보헤미아의 왕위에 올라 가톨릭 절대 신앙을 강요함에 따라 보헤미아와 오스트리아의 프로테스탄트 귀족들이 반란을 일으키면서 시작되었다. 결국 귀족들의 패배로 끝나면서 신교도들에 대한 박해가 합법적으로 진행되었다(제1기). 이에 덴마크 왕 크리스티안 4세가 영국 및 네덜란드로부터 군자금을 얻어 1625년 신교도군의 총수로서 독일에 침

30년 전쟁 중 바우첸 포위 사건을 묘사한 그림

입했다가 패배하지만 루터파가 공인되는 결과를 낳는다
(제2기). 그리고 다음 해 에스파냐 왕 구스타브 2세가 프
랑스로부터 원조를 받아 다시 독일을 침공했다. 패배를
거듭하다 결국 프라하 화의를 맺는다(제3기). 결국 원조
만 하던 프랑스가 전면에 나서서 스웨덴과 연합해 독일
과 에스파냐에 선전포고, 오랜 전쟁을 벌이다가 1648년
베스트팔렌 조약으로 종지부를 찍는다(제4기).

　이 전쟁의 결과 유럽은 300개에 달하는 영방국가로
분립되었고, 신성로마제국은 1806년 멸망할 때까지 실
체가 없는 국가로 추락했으며, 오스트리아-합스부르크
왕가는 독일 왕이 아닌 일개 오스트리아 대공으로 전락
하는 치욕을 맛보았다. 또한 장기간에 걸친 전쟁은 독일

국토를 황폐화시켰는데, 여기에 흑사병까지 유행함으로써 인구가 급격히 감소, 경제에 큰 타격을 입었다. 그러나 종교적으로는 가톨릭, 루터파, 칼뱅파가 독일 제후국 내에서 각각 동등한 지위를 확보하는 성과를 올렸다.

이후 유럽의 판도는 프랑스와 에스파냐를 중심으로 돌아가게 된다.

베스트팔렌 조약

087

Peace of Westfalen

30년 전쟁을 끝마치기 위해 1648년에 체결된 평화조약.

30년 전쟁 막바지인 1648년 봄 프라하가 스웨덴에 점령되고 프랑스가 신성로마제국 황제군과 에스파냐 군대에 승리를 거두면서 협상이 급진, 1648년 10월 24일 베스트팔렌의 오스나브뤼크에서 조약이 체결되었다.

이 조약의 결과 프랑스의 국경을 라인 강 유역까지 확장시켰고, 스웨덴은 발틱 해와 북해의 광대한 영토를 차지하게 되었다. 또 스위스와 네덜란드가 독립국 지위를 승인받았으며, 칼뱅파에게도 루터파와 동등한 권리가 주어졌다. 그 외에도 독일 연방의 제후와 제국 도시들에게 영토에 대한 완전한 주권과 외교권, 조약 체결권이 인정되었다. 이로써 유럽에 대한 로마 가톨릭 교회와 신성로마제국의 지배적 역할이 실질적으로 무너졌고, 그에 따라 황제와 교황의 권력이 약화되었다. 이는 정치가 종교의 영향에서 벗어나는 새로운 체제를 가져왔다. 즉, 유럽의 근대화와 **절대주의** 국가의 성립에 매우 커다란 영향을 끼쳤다.

088 절대주의
Absolutism(絕對主義)

모든 권력이 군주에게 있는 정치체제.

봉건제도와 근대제도의 과도기에 위치한 정치체제로서 흔히 절대왕정이라고 불린다. 중앙집권적 통일국가였다는 점에서 분권적인 중세 봉건국가와는 구별되고, 귀족 등 지배계층을 제외한 구성원에게 아무런 권리가 없다는 점과 신분제도를 유지하였다는 점에서 근대국가와 구별된다. 이 정치체제 하에서의 군주는 귀족이나 부르주아를 막론하고 그 누구의 제약도 받지 않는 절대적 권력을 가졌다. **왕권신수설**王權神授說이 그 이론적 기반이다.

한편 철학적 측면에서의 절대주의는 헤겔이 자신의 관념론을 '절대적 관념론'이라고 부른 것에 기인한다. 헤겔은 이것을 기초로 해서 자신의 변증법적 입장에 대립하는 관념론적 체계를 만들었다. 진리에 있어서 절대적인 것의 존재를 인정하고 그것의 가치를 인정하는 견해가 바로 절대주의다.

왕권신수설

Divine Right Theory of Kings(王權神授說)

왕이나 황제가 신으로부터 권력을 부여 받았다는 주장. 제왕신권설帝王神權說이라고도 한다. 절대군주제를 변호하기 위한 것으로 '국왕의 권력은 신의 의사에 근거를 둔다'는 주장이다. 16세기에서 17세기 밑으로부터의 저항을 억누르고 로마교황으로 대표되는 밖으로부터의 개입을 막아 국내의 안전과 평화를 실현하기 위해 대두되었다. 영국은 **제임스 1세**가 왕권신수설을 바탕으로 한 정치를 펴려고 했으나 의회가 강력히 반대, 극심한 논쟁을 낳기도 했다. 결과는 명예혁명을 거쳐 의회가 승리함으로써 끝났다. 프랑스에서는 루이 14세에 의해 왕권신수설을 바탕으로 한 강력한 전제정치가 완성되었다. 그러나 이 역시 프랑스 혁명을 거치면서 사라지고 만다.

한편 제2차 세계대전 당시 일본에서는 천황을 곧 신으로 여기기도 했지만 유럽에서처럼 교회라는 정신적 권위가 존재하지 않았기 때문에 인간의 내면까지 지배하지는 못 했다.

제임스 1세
James I

엘리자베스 1세 여왕의 뒤를 이은 잉글랜드 국왕 (1566.6.1~1625.3.27).

엘리자베스 1세에 대한 반란으로 처형된 메리 스튜어트 스코틀랜드 여왕의 아들이었다.

법과 국왕이 의회보다 우월한 존재임을 강조하며 절대주의 정치를 펴나가려 했다. 따라서 영국 국왕에 오른 이후 의회를 탄압해 재위 22년 동안 겨우 네 번밖에 개원하지 않은 민주정치 사상 암흑기를 이뤘다. 또 청교도와 가톨릭교도들을 압박, 영국 성공회(국교회)로 개종할 것을 강요하기도 했다. 때문에 청교도들은 제임스 1세의 박해를 피해 **메이플라워 호**를 타고 북아메리카 신대륙으로 떠나기도 했다. 1624년 왕권을 강화하기 위해 사법·행정·교회의 제도를 바꾸려 하다 완전히 뜻을 이루지 못하고 병사했다.

제임스 1세 부부

제임스 1세에 대한 평가는 절

대군주제를 옹호했던 독재자가 일반적이다. 그러나 이는 명예혁명에 승리한 이들의 기록이므로 정당하다 할 수 없다. 실제로 스코틀랜드의 역사에서 그는 자애롭고 평화를 사랑하는 왕으로 기록되어 있다.

LEVEL UP

상식 폭 넓히기

영국의 국기는 언제 만들어졌을까?

언제부터인지는 확실치 않지만 과거 영국에서는 흰색 바탕에 붉은 십자가 그려져 있는 '세인트 조지의 십자가'라는 이름을 가진 잉글랜드 국기를 사용했다. 그러다 1606년 스코틀랜드의 국왕이었던 제임스 1세가 엘리자베스 1세의 뒤를 이어 잉글랜드의 국왕이 되면서 잉글랜드 국기와 파랑 바탕에 흰 X가 그려져 있는 스코틀랜드 국기, 즉 '세인트 안드레의 십자기'를 조합해 대(大) 브리튼 왕국 국기를 만들고, '제임스 기James Flag'로 명명했다. 이로써 오늘날 사용하고 있는 영국 국기와 유사한 형태가 완성됐다. 그리고 1803년 조지 3세 때 아일랜드의 병합을 계기로 아일랜드의 국기, '세인트 패트릭의 십자가'를 조합함으로써 오늘날의 영국 공식 국기, 유니언 기Union Flag가 탄생했다.

3국의 기는 모두 그리스도교에서 기원한 십자기로서 중세의 십자군 원정 때부터 사용했다고 전해진다.

잉글랜드 국기   스코틀랜드 국기

제임스기   아일랜드 국기

## 091

메이플라워 호
Mayflower

영국 내의 종교적 박해를 피해 아메리카로 떠나는 청교도들을 태웠던 영국 상선.

1620년 잉글랜드 남서부 플리머스에서 오늘날 미국의 매사추세츠 주 플리머스로 청교도들을 수송했다. 당시 이 배의 승객은 102명이었다고 한다.

영국은 헨리 8세의 이혼 문제로 촉발된 교황과의 갈등을 시작으로 1534년 국왕령을 공포함으로써 로마 가톨릭으로부터 완전히 독립, '영국 성공회'를 국교로 삼았다. 이후 엘리자베스 1세는 중도를 선택, 잉글랜드에 혼재하던 개신교와 천주교가 공존할 수 있는 정책을 펴면서 한편으로는 영국 성공회의 국내화를 강화했다. 결국 이때부터 청교도와 국교회 간에 대립이 심화되었고, 1603년에 즉위한 제임스 1세가 국교회를 지지하며 청교도를 박해하자 1620년 필그림 파더스를 중심으로 한 102명의 청교도들이 종교의 자유를 찾아서 신대륙으로 향하게 된다. 폭풍과 추위, 괴혈병과 사투를 벌인 66일간의 고된 항해 끝에 그들이 프로빈스 타운 항구에 닻을 내린 것은 11월 21일이었다. 겨울 동안 창궐한 괴혈병으로 승객의 반을 잃은 메이플라워 호는 1621년 3월 21일 플리머스에 승객을 내려주고 그해 4월 15일 잉글랜드로 되돌아간다.

한편 1625년 제임스 1세의 뒤를 이은 찰스 1세가 더욱 전제주의를 강화함에 따라 청교도들을 중심으로 혁명이 일어났다. 바로 '**청교도 혁명**'이다.

복원된 메이플라워 호
미국 플리머스 항구

092 청교도 혁명
Puritan Revolution(淸敎徒革命)

청교도들을 중심으로 전제주의에 맞서 일어선 무력 시민혁명(1640~1660).

찰스 1세가 의회를 소집할 때부터 왕정복고가 이루어질 때까지의 20년 동안 진행되었다. 잉글랜드 내전이라고도 한다.

제임스 1세의 아들인 찰스 1세는 의회의 승인도 없이 관세 징수, 선박세 부과를 실시하는가 하면 군법을 일반인에게까지 적용시키는 등 왕권을 강화시키려 했다. 이에 의회는 1628년 인권 수호를 내용으로 하는 '권리청원'을 왕에게 제출했고, 그로 인해 의회가 해산되었다. 따라서 찰스 1세는 1640년까지 11년 동안 의회 없이 권력을 휘둘렀다. 이후 찰스 1세는 장로파가 우월한 스코틀랜드에 국교를 강요하려 했고, 결국 스코틀랜드와 '주교전쟁'이 일어나게 되었다. 이에 전쟁 자금을 마련하기 위해 어쩔 수 없이 의회를 소집하면서 찰스 1세 진영과 하원 사이에 긴장이 고조된다. 그러다 1642년 1월 4일 5명의 하원의원들을 체포하려다 실패한 찰스 1세가

1월 10일 런던을 떠났고 이후, 영국은 찰스 1세를 중심으로 한 왕당파와 **크롬웰**을 중심으로 한 의회파로 갈려 전쟁을 시작한다.

이후로 전세는 일진일퇴를 반복했다. 그러나 막바지에 의회파가 전세를 잡았다. 결국 왕당파 병력은 1646년 최종적으로 해체되었고, 찰스 1세는 포로의 신분으로 재판을 받고 1649년 1월 처형 당한다. 크롬웰이 공화정 체제를 확립했으나 왕정복고를 꾀하는 왕당파의 잇따른 봉기로 국내는 여전히 혼란했다. 찰스 1세의 장자 찰스 2세를 중심으로 한 왕당파는 잉글랜드 지역으로 깊숙이 진격해 들어가기도 했지만, 1651년 9월 3일 우스터에서 완전히 패배, 찰스 2세는 국외로 탈출하고 만다.

청교도 혁명은 정치적으로는 공화정Commonwealth을 탄생시켰고, 종교적으로는 잉글랜드 내에 비국교도의 전통을 성장시켰다.

1645년 왕당파가 패배한 네이즈비 전투의 전투계획도

올리버 크롬웰
Oliver Cromwell

093

영국의 정치가이며 군인(1599.4.25~1658.9.3).

영국 동부 헌팅턴에서 청교도 지주의 아들로 태어났다. 케임브리지의 시드니 서식스 칼리지에서 공부하면서 청교도주의의 영향을 크게 받았다. 1628년에 고향에서 하원의원이 되지만 찰스 1세가 의회를 해산하는 바람에 뜻을 펴지 못했다. 1631년 고향을 떠난 이후에는 찰스 1세의 세금 및 부과금, 종교 정책에 비판 의식을 지닌 청교도들과 폭넓게 교류했다.

청교도 혁명이 시작되자 의회파로서 1642년 '철기군 Ironsides'이라는 기병대를 지휘했고, 이후 철기군을 모델로 조직한 신형군의 부사령관에 취임해 1645년 네이즈비 전투에서 국왕 찰스 1세를 스코틀랜드로 몰아내는 데 공을 세웠다. 그러나 모든 봉기가 종결된 후 의회가 어느 정도 국왕과의 협력을 주장하는 장로파와 국왕과의 타협을 절대 용납하지 않는 독립파로 나뉘자 크롬웰은 의회의 군대 명령을 무시한 채 무력을 앞세워 장로파를 추방하고 찰스 1세를 처형시켰다. 그리고 1649년 5

월 잉글랜드의 최초이자 마지막 공화국인 '잉글랜드 연방(또는 잉글랜드 공화국)'을 성립시켰다. 이후 크롬웰은 왕당파에 의한 혁명반대운동을 두려워한 중산시민의 지지를 받으며 의회를 해산시킨 후 스스로를 종신 호국경Lord Protector에 임명, 《통치장전》이라는 성문헌법을 바탕으로 군사독재를 행했다. 또 혁명군 중 평등한 보통선거를 요구하던 수평파를 지도자 총살이라는 강경책으로 탄압함으로써 민주주의의 싹을 억압했다.

국왕이 되고자 했으나 끝내 뜻을 이루지 못한 채 1658년 크롬웰이 병사하자 호국경의 자리는 그의 아들인 리처드 크롬웰에게 넘어간다. 그러나 장로파에 의해 1660년 찰스 2세가 국왕의 자리에 오르면서 크롬웰 세력은 축출되었다. 이후 1661년 왕을 시해했다는 죄목으로 크롬웰의 묘가 파헤쳐지고 그의 머리는 잘린 후 효수된다. 그의 추종자들 역시 교수형을 당한다.

크롬웰에 대한 평가는 크게 엇갈린다. 청교도 혁명 이후 정치적 안정을 회복하는 데 기여했으며 입헌주의 정치의 발전에도 기여했다는 긍정적 평가와 시민혁명의 가치를 훼손한 군사 독재자이자 의회 해산으로 공화국을 약화시킴으로써 왕정복고의 원인을 제공한 자라는 부정적 평가가 그것이다. 한편 경제적으로는 자신을 지지하는 중산시민의 권익을 옹호하기 위한 중상주의 정책을 썼는데, 이는 페티의 **노동가치설** 등을 포함한 고전주의 중상주의를 이론적 근거로 하고 있다.

크롬웰은 아일랜드와 스코틀랜드에 대한 침공과 학살을 저지르기도 하는데, 이로 인해 크롬웰의 만행을 피하고 종교적 자유를 찾는다는 목적 아래 많은 아일랜드 사람들이 캐나다와 미국으로 이주했다.

민주주의 억압과 독재, 침략이라는 부정적 측면에도 불구하고 올리버 크롬웰은 오늘날까지도 비록 동상이긴 는 하지만 갑옷 차림으로 런던에 있는 영국 국회의사당 앞에 당당하게 서 있다.

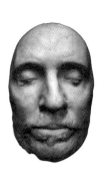

크롬웰의 데스마스크

국회의사당 앞의 크롬웰 동상

노동가치설
Labor Theory of Value

상품의 가치는 그 상품을 생산한 노동에 의해 형성되고, 가치의 크기는 그 상품을 생산하는 데 필요한 노동 시간에 의해 결정된다는 학설.

17세기 전반 윌리엄 페티Sir William Petty에 의해 처음 제창되었다. 17세기의 주된 생산 방법은 농업과 수공으로 노동자의 육체적 노동이 생산의 중심 요소였기 때문에 페티의 노동가치설은 타당성이 있었다. 그러나 산업혁명이 일어나 노동의 강도와 생산력이 이전처럼 비례하지 않게 되면서 설득력을 잃게 되었다.

그런데 "역사적으로 각 시대는 저마다의 법칙을 가지고 있어서 인류의 생활은 하나의 단계로부터 다른 단계로 들어서자마자 전과는 다른 법칙에 의해 지배되기 시작한다."고 주장한 마르크스가 과거 시대의 유물인 노동가치설을 자신의 주장을 뒷받침하는 근거로 삼아 **잉여가치론**을 구성하고, 이것을 다시 자본주의 경제에 대한 분석장치로 삼아 자본주의의 착취성과 그 멸망의 필연성을 주장, 혁명적 경제학으로서의 경제학을 체계화했다.

잉여가치론
Theories of Surplus Value

마르크스 경제학의 토대.

잉여가치는 무언가를 생산하기 위해 자본을 투자했을 때 투입된 자본을 초과해서 만들어진 가치를 말한다. 즉, 산업자본가가 고용한 노동자들을 임금 이상으로 착취함으로써 생산된 것을 말한다. 노동자에게 임금으로 지불되지 않지만 노동에 의해 생산된 가치, 생산자가 모두 가져가는 가치가 잉여가치인 것이다.

마르크스는 《자본론》에서 "경제적 사회구조는 잉여노동, 즉 잉여가치를 생산하는 노동이 직접 생산자에게 착취되는 형태에 따라 구분된다. 고대 노예제 사회부터 근대자본주의 사회에 이르는 각 사회의 잉여노동은 그 사회에 속하는 생산수단의 소유자가 취득했다."면서 생산자, 자본가가 얻는 이윤은 착취된 잉여가치라고 말한다. 때문에 마르크스는 자본주의는 노동자들의 단결을 통해 필연적으로 종말을 맞을 것이라고 주장했다.

유물론적 사관, 노동가치설과 함께 마르크스 경제학의 근간이다.

# 유물론
Materialism(唯物論)

세계의 근본적 실재는 물질, 또는 자연이라고 주장하는 이론.

모든 정신 현상도 물질의 작용이나 그 산물이라고 이해하는 유물론은 크게 기계적 유물론과 역사적 유물론으로 나뉜다. 전자는 모든 현상을 자연의 인과관계와 역학적 법칙으로 해석하려 한다. 때문에 '관념론적 유물론'이라 불린다.

반면 역사적 유물론은 마르크스·엥겔스가 주장한 유물론적인 역사 해석의 체계로서 '사적 유물론', '유물사관', '변증법적 유물론'이라고 불린다. 이것은 역사 해석에 있어서 물질적 생산력을 그 인과적 요인 중 가장 중요시하는 역사관으로 '역사를 발전시키는 원동력은 인간의 의식이나 관념이 아니라 물질적 생산양식'이라고 설명한다.

유물사관에 의하면 인간은 생산에 참가할 때 생산관계 속으로 들어가는데, 여기서 생산관계란 생산력의 발전단계에 대응하는 사회관계로서 생산수단을 소유한 자와 소유하지 못한 자 사이의 계급관계로 표현되고, 이것을 토대로 비로소 법률적·정치적 상부구조가 생긴다.

마르크스·엥겔스는 생산관계의 변화에 따라 원시 공산제 사회, 고대 노예제 사회, 중세 봉건제 사회, 근대 자본주의 사회, 사회주의 사회, 공산주의 사회의 차례로 발전한다고 주장하면서 인류의 역사를 계급투쟁의 역사라고 규정했다.

유물사관은 등장한 이래로 역사발전의 원동력을 생산력과 생산관계의 모순을 비롯한 계급적 모순으로 보았다. 그러나 1958년 이후 공산권의 모순 논쟁에서 모순의 지양이나 통일 단결이 역사발전의 원동력이라고 주장하면서 크게 수정되기도 한다. 또 1951년 **스탈린**은 자신의 논문 〈마르크스주의에서의 언어학〉을 통해 언어, 문법, 수학 등은 토대도, 상부구조도, 계급적인 것도 아니라는 주장을 펴기도 한다.

097 이오시프 비사리오니치 스탈린

Iosif Vissarionovich Stalin

러시아 출신의 노동운동가, 공산주의 운동가, 정치가 (1879.12.21~1953.3.5).

오늘날의 그루지야에서 구두 수선공 아들로 태어났다. 본명은 이오시프 비사리오니치 주가슈빌리Iosif Vissarionovich Dzhugashvili다.

신학교에서 공부하다 독일 철학자 마르크스를 접한 이후 개종, 열다섯 살에 혁명운동에 참가한 것을 이유로 신학교에서 퇴학당한다.

1901년에 사회민주당 트빌리 시 지역당에 가입하면서 정식으로 사회주의자가 되었고, 1903년에는 **레닌**에게 심취해 볼셰비키가 되었다. 1905년에는 카프카스 대표로 핀란드에서 열린 볼셰비키 대회에 참석, 이때 레닌을 만나 스탈린이라는 이름도 얻었다. 이후 그는 레닌의 전위정당론을 적극 지지하며 토지 국유화를 고집하던 레닌을 설득, 볼셰비키가 집권하면 농민에게 토지를 분배하겠다는 공약을 내걸게 함으로써 볼셰비키의 세력 확대에 공헌했다. 그러나 러시아혁명 당시 스탈린은 이

233

렇다 할 활약을 하지 못한다.

　새로 출범한 소련 정부에서 스탈린은 레닌의 신임을 등에 업고 민족인민위원을 맡아 공화국들을 소련 연방에 통합하는 임무를 수행했다. 또 1921년까지 반혁명군과의 전투, 폴란드와의 전쟁, 고향인 그루지야 침공 등에서 붉은 군대를 이끌며 많은 공로를 세웠다.

　그런데 1920년대 초 정권 수뇌들 사이에서 노선 차이에 따른 갈등이 심해지고 있었다. 트로츠키는 서유럽에서 사회주의 혁명이 일어나게 돕는 일에 전력을 다해야 한다는 주장을, 스탈린은 소련의 입지를 든든히 하는 일이 먼저라는 주장을 했다. 또 자본주의를 일부 수용한 '신경제정책'에 대해서도 트로츠키는 즉시 중단을, 레닌과 스탈린은 민심을 달래기 위해 당분간 불가피함을 주장했다. 갈등이 점점 심해지는 가운데 레닌은 스탈린을 서기장에 앉히고 상당한 권력을 행사할 수 있는 권한까지 준다. 이어서 뇌일혈로 쓰러진 레닌의 대리자로 스탈린이 지목되면서 정권의 실세로 부각되었다. 훗날 레닌이 스탈린의 잔혹성을 이유로 자신의 사후 스탈린을 서기장직에서 해임시키라는 유서를 남기기도 했지만, 스탈린은 유서를 은폐하고 '삼두정치' 체제를 수립, 1924년 1월에 레닌이 사망하자 곧바로 트로츠키파를 숙청하고 실권을 장악했다. 삼두정치를 함께 수립한 지노비예프와 카메네프 역시 반스탈린 전선을 펼치다 제명되었다. 1922년부터 당서기장, 인민위원회의 의장, 국방위원회의장, 소련군최고사령관을 겸하다가 1943년엔 원수, 1945년엔 대원수가 되어 1인 독재의 틀을 구축했다.

스탈린은 1920년대 말부터 공업화와 농업의 전면 집단화를 강행했고 과학 기술의 개발에도 중점을 두어 실업계 학과와 교육, 물리학자 등에 대한 전폭적인 지원을 하기도 했다. 정치적으로는 동지들마저 반혁명 혐의로 숙청하는 등 냉혹한 노선을 걸었다. 1934년 키로프 암살사건을 계기로 대대적인 숙청을 감행했다. 대외적으로는 1941년에서 1945년에 벌어진 독일과의 전쟁에서 패했으나 이후 반격에 성공했다. 이후 연합국들과의 전후처리외교를 추진, 세계 권력의 한 부분을 차지했다.

1953년 3월 1일 뇌졸중을 일으킨 스탈린은 그로부터 나흘 뒤 숨을 거뒀다. 1956년 2월의 당대회에서 스탈린의 범죄 사실이 폭로되면서 스탈린으로 인해 억울하게 숙청된 사람이 차례로 복권되었고, 그의 동상은 2010년을 마지막으로 모조리 철거되고 말았다. 제2차 세계대전의 승리와 국가질서 확립, 산업화 등 긍정적인 업적도 있지만 정치적 박해와 인권탄압의 독재로 인해 수많은 인명을 살상했다는 비난을 더 많이 받고 있다.

블라디미르 일리치 레닌

098

Владимир Ильич Ленин

러시아의 혁명가이자 정치가, 소비에트연방 최초의
국가 원수(1870.4.22~1924.1.21).

본명은 블라디미르 일리치 울리야노프Владимир
Ильич Ульянов다. 러시아 볼셰비키 혁명으로 불리
는 11월 혁명의 중심 인물로서 마르크스주의를 발전적
으로 계승, 제국주의시대의 러시아에 맞는 독창적 혁명
이론서 **〈제국주의론〉**을 탄생시켰고, 마르크스주의를 발
전시켰다. 또 무장혁명으로 프롤레타리아 독재를 표방
하는 혁명정권을 수립한 다음 코민테른을 결성했다.

1870년 볼가 강변의 심비르스크에서 교육자의 아들
로 태어났다. 1887년 알렉산드르 3세의 암살에 참여했
던 형이 처형 당한 후 전향, 카진 대학을 다니던 중 학
생운동을 했다는 이유로 퇴학 당했다. 이후 혁명운동에
본격적으로 투신, 체포와 유형을 거듭하다 1900년 국외
로 망명, 1903년 브뤼셀과 런던에서 열린 사회민주당
제2차 대회 이후 볼셰비키가 되었다.

1905년 제1차 러시아혁명 때 귀국했지만 1907년 다

시 스위스로 망명, 연구와 저술에 전념하다가 1917년 3월 혁명 이후 귀국했고, 같은 해 11월 7일 무장봉기로 혁명정권을 수립했다.

카우츠키의 사회민주주의에 대립하여 러시아파 마르크스주의를 발전시킨 레닌은 1922년 뇌일혈로 쓰러진 뒤 1년 간 실어증을 앓다 1924년 사망했다.

제국주의론

099

Imperialism(帝國主義論)

러시아혁명의 지도자 레닌의 사상과 이론이자 저서.

레닌이 1916년에 집필하고 1917년에 발표한 책으로
원제목은 '제국주의: 자본주의의 최고단계'다. 20세기
초 레닌에 의해 러시아에 적용된 마르크스주의로서 넓
은 의미로는 제국주의시대의 프롤레타리아 혁명이론을
일컫는다. 이 이론은 마르크스주의를 발전적으로 계승
하고 나로드니키주의, 카우츠키의 경제주의, 베른슈타
인의 수정주의, 멘셰비즘 등과의 격렬한 이론 투쟁을 거
쳐 완성되었다.

레닌은 〈무엇을 할 것인가?〉(1902년)를 통해 자연성장
성과 조합주의적 경제투쟁을 비판하며 의식성과 정치투
쟁을 강조했다. 이는 소수정예의 전위당前衛黨 건설을 주
장하는 것이었다. 〈두 가지 전술〉(1905년)에서는 프롤레
타리아가 헤게모니를 장악하고 노동자와 농민의 계급동
맹을 실현함으로써 사회주의혁명을 완성할 수 있다고
주장했고, 〈유물론과 경험비판론〉(1909년)에서는 불가지
론을 비롯한 관념론을 비판하고 변증법적 유물론의 기

초를 확립했다. 〈제국주의론〉(1917년)에서는 초기의 자유 경쟁적 자본주의가 독점자본주의로 전이된 것을 증명하고 제국주의를 자본주의의 최후단계라고 정의했으며, 〈국가와 혁명〉(1917년)에서는 폭력혁명을 통한 부르주아 국가기구의 폐지와 소비에트 사회주의 국가수립을 주장했다. 이러한 레닌의 이론은 1917년 3월 혁명, 11월 혁명으로 현실화되었다.

제국주의론은 레닌 사망 후 스탈린, **트로츠키**, 부하린, 지노비예프 등이 권력투쟁을 벌이면서 '레닌주의Leninism'라는 이름으로 사용되었고, 권력을 쟁취한 스탈린은 이것을 다시 '제국주의시대의 프롤레타리아 혁명이론'으로 격상시켰다.

레닌 사망 후 권력투쟁을 벌인 정치가들
좌측부터 트로츠키, 부하린, 지노비예프

레닌의 제국주의와
치열한 투쟁을 했던 이론들

1. 나로드니키주의 Narodnichestvo

혁명적 민주주의의 입장에 선 사상과 운동.

국민주의, 인민주의라고도 한다.

'나로드니키'는 '국민'이라는 의미의 단어에서 유래한 말로 19세기 말 러시아에 등장한 혁명적 성향의 지식인 집단을 지칭한다. 이들은 러시아의 후진성을 과대평가하고 거기에서 이상적 사회가 생길 수 있다고 보는 일종의 공상적 사회주의자들이었다. 그래서 '인민 속으로 들어가 계몽운동을 일으켜 농민의 힘으로 차르를 타도해 공화정부를 수립하자'는 주장을 폈다. 즉, 자본주의를 부정하고 농민을 주된 혁명세력으로 여겨 농촌공동체를 기초로 사회주의를 건설하려 한 것이다.

그러나 농민에 대한 계몽운동은 실패로 돌아갔고, 이후 개인적인 테러를 통해 혁명을 일으키려 했다. 그 가운데 일부는 '국민의 의지'라는 결사를 조직, 1881년 알렉산드르 2세를 암살하기도 했다. 이 때문에 알렉산드르 3세의 탄압을 받아 조직이 분열

됐다. 이후 1890년대에 이르러 자본주의와 레닌 등의 비판을 받아 몰락했다. 이 운동의 대표적 인물로는 게르첸, 바쿠닌, 라브로프, 미하일롭스키 등이 있다.

2. 카우츠키의 경제주의 Economism

노동운동에서 경제적 투쟁만을 중시한 사상.

19세기 말에서 20세기 초까지 러시아 사회민주노동당 내에서 대두된 개량주의적 사조로서 노동자의 경제투쟁을 강조하는 반면 정치투쟁은 2차적 의미밖에 없다고 주장했다. 이에 레닌은 기회주의라고 비판을 하고 차르 정권을 타도하기 위해서는 정치투쟁이 더욱 중요하다고 주장한다.

경제주의를 주장한 카를 카우츠키 Karl Kautsky는 프라하에서 태어났다(1854.10.18~1938.10.17). 저술가와 화가로 활동하던 중 베른슈타인과 교제하면서 마르크스주의자가 되었고, 1875년 오스트리아 사민당의 당원이 되어 독일 사민당의 에어푸르트 강령을 기초했다. 엥겔스 사후 독일 사민당의 주요 이론가로서 활동, 마르크스주의 이론의 권위자가 되었다. 1903년 카우츠키는 베른슈타인의 수정주의적 마르크스주의를 비판하면서 명성을 얻었다.

3. 베른슈타인의 수정주의 Rrevisionism

부르주아 사상의 영향을 받아 마르크스주의에 적대하는 기회주의적 조류.

19세기 말 영국 등 선진국들의 경제가 순조롭게 발달되고 보통선거, 노동조합운동, 사회복지정책 등 자본주의의 결점을 보완하는 정책들이 진행됨에 따라 자본주의의 생존 능력이 크게 재고되기에 이른다. 결국 혁명적 마르크스주의에 대한 수정운동이 자기 진영 내부에서 일어나는데, 이렇듯 마르크스주의에 수정을 가하려는 사상적 입장이나 운동을 수정주의라 한다.

그 시작은 19세기 말 독일 사회민주당의 베른슈타인에서 찾을 수 있다. 그는 당시 독일 및 유럽 자본주의의 경제사회적 상황에 대한 실증적 분석을 통해 프롤레타리아 혁명 대신에 민주적 · 점진적 사회개혁을 통하여 사회주의의 목표에 접근할 것을 주창했다. 이러한 주장은 당시 마르크스주의자들에게는 중요한 도전으로 받아들여졌고, 그로 인해 카우츠키, 베벨 등 이론가들에게 비판을 받았다. 그러나 이후 독일의 사회민주당은 정치적 관행에 있어서 수정주의를 채택한다.

한편 수정주의를 주창한 에두아르트 베른슈타인Eduard Bernstein은 독일 사회민주당 당원으로 사회민주주의 이론가였다(1850.1.6~1932.12.18). 베를린 출신으로 1896년부터 1898년까지 일련의 논문을 발표하면서 마르크스주의를 비판, 논쟁의 중심에 섰다. 1903년 드레스덴 전당대회에서 그의 수정주의는 패배했으나 사회민주주의 운동 세력의 지지를 얻어 1918년까지 제국의회 의원으로 활동하기도 한다. 의회주의의 입장에서 점진적인 사회주의의 실현을 제창했다는 점에서 기회주의자라는 비난을 받기도 했지만, 그의 수정주의는 오늘날 서유럽의 사회주의 정당들의 사상적 기초가 되었다.

4. 마르토프의 멘셰비키주의 Menshevism

1903년, 러시아 사회민주노동당에서 분리돼 나온 마르크스주의 우파의 사상 및 주의.

멘셰비키 Меньшевики 는 레닌의 볼셰비키, 즉 다수파와 대립했던 러시아 사회민주노동당의 자유주의적 온건파로서 러시아어로 소수파라는 의미가 있다. 이들은 합법적 마르크스주의와 경제주의의 계보를 이으며 반볼셰비키 투쟁과 더불어 부르주아에 의한 혁명을 주장했다. 또한 볼셰비키가 주장하는 무장봉기나 프롤레타리아 독재 등의 혁명 방식을 부정했다.

대표적 인물은 L. 마르토프. 그는 자유주의적 자본주의가 사회주의를 이룩하는 데 필요하다는 노선을 유지함에 따라 레닌의 볼셰비키와 대립했고, 결국 1912년 레닌의 볼셰비키와 공식적으로 분리되었다. 1917년 3월 혁명 후 케렌스키 내각과 협조해 주도권을 쥐었지만 11월 혁명 이후 실각, 마르토프는 1920년 독일로 망명한다.

레프 다비도비치 트로츠키
Лев Давидович Троцкий

러시아의 정치가, 노동운동가, 볼셰비키 혁명가, 마르크스주의 이론가(1879.11.7~ 1940.8.21).

본명은 레프 다비도비치 브론시테인(Лев Давидович Бронштейн). 트로츠키는 필명이다.

레닌과 함께 볼셰비키 당의 지도자 중 한 명으로 소비에트 연방을 건설했다. 초대 소비에트 연방의 외무부장관을 지냈고 **붉은 군대**를 창설했다. 레닌 사후 스탈린과의 권력투쟁에서 패해 멕시코로 망명했으나 스탈린이 보낸 자객에 의해 암살당했다.

트로츠키주의는 레프 트로츠키의 마르크스주의 혁명 이론으로 스탈린의 개별적 사회주의에 반대하면서 세계혁명 없이는 사회주의의 완성이 없다는 주장을 내용으로 한다. 한편 스탈린이 정권을 장악한 후 각국 공산당은 당의 지시를 따르지 않는 분파에 대해 트로츠키주의자로 치부, 비난하며 숙청했다. 이후 각국의 공산당과 다른 입장을 보이는 공산주의자들을 트로츠키주의자라고 칭하게 되었다.

101 ● 붉은 군대
Красная Армия

1918년부터 1946년까지의 소련 육군의 명칭.

트로츠키에 의해 창설된 군대로 정식 명칭은 노동 적군勞農赤軍이다.

1918년 1월 인민위원회의 결정에 따라 지원제로 발족, 러시아혁명을 방위하고 세계 프롤레타리아 혁명운동의 군사적 지원을 목적으로 삼았다.

혁명 당시 노동자와 병사들로 구성된 민병대 수준의 적위대를 군대로 재편, 혁명에 반대하는 백군의 내란을 진압하는 과정에서 창설되었다. 붉은 군대의 활약으로 내전이 진압되고 소비에트 연방이 탄생되었다.

1930년대에 들어와 지원제를 징병제로 바꾸면서 열여덟 살에서 마흔 살까지의 남자에게 병역의무가 지워졌다. 이후 소련의 산업화에 힘입어 장갑차, 전차, 항공기로 무장한 현대적 군대가 되었다.

1930년대 말 스탈린의 숙청사업이 진행되는 동안 정치적 압박에 시달려 위축되기도 하는데, 1941년 **나치** 독일이 침공했을 때 소련을 위기에서 구해냄으로써 정치적 압박에서 벗어난다. 결국 소련은 미국과 함께 제2차 세계대전의 승전국이 되었고, 붉은 군대는 1946년 이후 소비에트군으로 재편되었다.

붉은 군대를 모델로 한 소련 우표

## 102

나치
Nazis

아돌프 히틀러Adolf Hitler를 당수로 한 독일의 파시즘 정당.

정식 명칭은 '민족사회주의 독일 노동자당Nationalsozialistische Deutsche Arbeiterpartei이다. 1919년 1월 결성, 1920년 2월 24일 25개조의 당 강령이 공포됨에 따라 1921년 7월 히틀러의 독재적 지위가 확립되었다.

제1차 세계대전 후의 혼란과 군부와 보수왕당파 및 대자본가 지지를 등에 업고 남부 독일의 바이에른에서 크게 발전했다. 1923년 11월 8일 바이에른 보수왕당파와 군부를 자기편으로 끌어들인 후 독재제도를 수립하기 위해 공화정부에 맞서 반란을 일으켰으나 실패를 하면서 당까지 금지되는 시련을 겪는다.

1925년 2월 당을 재건한 히틀러는 나치 청년단Hitler-Jugend과 같은 대중조직을 발전시켜 독일의 국민적 전통과 민족주의적 풍조에 합치하는 대중운동을 전개, 경제공황의 혼란기에 '강력한 독일 재건'이라는 목표를 내걸어 독일의 제1당이 되었다. 이때부터 군부, 대자본가,

나치의 국장

각종 단체, 관료층은 물론이고 농업계까지도 나치를 지지하게 되었다. 결국 1933년 1월 30일 히틀러가 합법적인 총리로 임명됨으로써 독일 제3제국이 건설되었다.

1933년 10월 국제연맹을 탈퇴하고, 1935년 3월 국민징병제를 실시하여 육군을 일시에 다섯 배로 확장시킨 후 6월에는 해군도 네 배로 증강했으며, 1936년 3월에는 독일군을 라인 비무장지대로 진주시켜 독일-프랑스 국경지대를 요새화했다. 히틀러는 이를 배경으로 1938년 3월 오스트리아를 강제적으로 독일에 병합시켰고, 1939년 9월에는 폴란드에 단치히를 반환할 것과 폴란드령 포메른을 경유하는 도로와 철도의 건설을 인가해 줄 것을 요구했다가 거절당하자 1939년 폴란드를 침공했다. 이에 영국과 프랑스가 독일에 선전포고를 함으로써 마침내 제2차 세계대전이 발발하게 되었다.

나치는 19세기 말엽 유럽에 일반적으로 공통되어 있던 반反유대주의, 백색인종지상주의, 국가주의, 제국주의, 반사회주의, 반민주주의 사상을 기초로 발생했는데, 그 중심에는 독일민족지상주의와 인종론이 있었다. 즉, 가장 우수한 종족을 게르만족으로 보고 이들에게 다른 민족을 지배할 사명이 있음을 강조했다. 또한 가장 열등하고 해악적인 유대인은 그들의 열악성이 퍼지는 것을 막기 위해서라도 격리, 또는 절멸시켜야만 한다고 주장했다.

아돌프 히틀러

초기 나치를 지지한 층은 몰락의 위협을 받고 있던 중산계급이었다. 여기에 병사, 장교, 중소농민 들과 노동조합에 불만을 품은 노동자, 점원, 실업자 등이 참가함으로써 대중적 기초를 이루게 된다. 또한 대자본가, 보수파, 군부 들도 계급투쟁의 배격, 강대한 독일의 건설, 군비의 확장, 경제 발전, 독일의 유럽 제패 들로 정리되는 동일한 목적을 가지고 있었기 때문에 적극적으로 나치를 지지했다.

나치는 1945년 독일이 제2차 세계대전에서 패함으로써 연합군에 의해 금지된 채 오늘날에 이르고 있다.

히틀러는 정말 감옥에서 직접 책을 썼을까?

히틀러가 감옥에서 쓴 것으로 알려져 있는 자서전 《나의 투쟁Mein Kampf》은 출간 이후 1천만 부가 팔린 베스트셀러다. 그는 이 책을 통해 자신의 권력사상과 정치이념을 피력하면서 동유럽에서 유대인을 몰아내고 게르만 민족의 대제국을 건설하자는 주장을 폈다.

그가 이 책을 집필했다는 감옥은 란츠베르그 감옥으로 당시 히틀러는 1923년 11월 8일 바이에른 보수왕당파와 군부의 손을 잡고 공화정부에 맞서 일으킨 '뮌헨 반란'이 실패로 돌아감에 따라 형을 받고 수감된 상태였다. 그러나 그가 감옥에 있었던 시간은 고작 8개월이었고, 그나마도 호화로운 독방에서 자유롭게 생활했다.

이런 상황적 근거를 바탕으로 추정하면 히틀러가 이 책을 직접 썼을 가능성은 희박해 보인다. 함께 수감생활을 한 루돌프 헤스가 히틀러의 구술을 필기하고, 반유대주의자 슈템플러가 각색한 듯하다. 나치의 정책을 옹호하는 전문가의 손에 의해 수정 보완을 거쳐 완성된 것이다. 따라서 《나의 투쟁》은 히틀러 단독이 아닌 공동저자들에 의해 완성된 작품으로 보는 것이 타당할 듯싶다.

제1차 세계대전

103

World War I(第一次世界大戰)

4년 4개월간 벌어진 세계적 규모의 전쟁(1914.7.28~1918.11.11).
오스트리아-헝가리가 세르비아에게 선전포고를 하면
서 시작되었다. 1918년 독일제국에 발생한 혁명으로 빌
헬름 2세가 물러나고 세워진 공화국 정부가 항복을 선
언하면서 끝이 났다.

전쟁은 영국, 프랑스, 러시아의 연합국과 독일제국,
오스트리아-헝가리의 동맹국과의 대결이었는데, 약
900만 명의 전사자를 낳았다.

제1차 세계대전의 원인을 요약하면 오스트리아-헝가
리 제국과 러시아 간의 영토 확장 문제와 독일제국의 팽
창주의, 그리고 민족주의에 있었다. 오스트리아-헝가리
제국이 보스니아 헤르체고비나의 병합을 진행하던 중
1914년 6월 28일, 황태자 부부가 독립을 요구하던 세르
비아의 한 청년에게 암살되는 사라예보 사건이 터졌다.
이에 오스트리아-헝가리 제국은 황태자 부부 암살에 세
르비아 정부가 개입했다는 증거도 없이 사건의 책임을
세르비아로 몰아 선전포고를 한다.

한편 독일제국은 1895년 창설된 범독일연맹을 통해 범독일제국주의를 지향하며 팽창주의노선을 걷기 시작했다. 또 그전에 1873년 독일, 오스트리아, 러시아가 3제 동맹을 맺었다. 그러나 러시아가 터키 영토 문제로 독일, 오스트리아와 갈등을 빚으며 동맹이 깨졌고, 1882년 대신 이탈리아가 동맹에 참여한다. 그러나 전쟁이 시작되자 이탈리아는 동맹에서 탈퇴하고 중립을 유지했다가 1915년 3국 협상에 가담, 독일과 오스트리아를 상대로 선전포고를 했다.

사라예보 사건 직후 오스트리아-헝가리 제국은 곧바로 베오그라드를 침공했다. 독일제국은 다음 날 러시아에 선전포고를 한 후 룩셈부르크의 국경을 넘어 진격, 사흘 후 벨기에를 침공했으며, 프랑스에도 선전포고를 했다. 이에 영국이 독일제국에, 오스트리아-헝가리 제국이 러시아에, 프랑스와 영국이 오스트리아-헝가리 제국에 각각 선전포고를 하면서 점차 세계대전의 형태로 발전되었다.

한편 미국은 중립적 입장을 유지했지만 독일이 멕시코를 부추김에 따라 참전 쪽으로 기울고 있었다. 그런데 그로부터 얼마 후 영국 배에 타고 있던 미국인 탑승객이 독일의 공격으로 사망하자 독일에 선전포고를 한다. 이에 미국과 영국을 중심으로 한 연합국의 반격이 시작되었고 전세는 연합국 측에 유리하게 흘렀다. 결국 1918년 불가리아와 오스만제국이, 같은 해 11월 3일 오스트리아-헝가리 제국이 항복한다. 이런 상황에서 독일 내 수병 반란과 노동자 파업 사태가 발생했고, 그로 인해 11월 9일 황제인 빌헬름 2세가 네덜란드로 망명하면서 독일에 공화국 정부가 수립되었다. 그리고 11월 11일 독일 공화국 정부는 항복을 선언한다.

전쟁이 연합국의 승리로 끝남에 따라 오스만제국과 오스트리아-헝가리 제국이 해체되었고, 발칸 반도와 중동지방에 신생독립국들이 탄생했다. 반면 전쟁에 패한 독일은 정신적으로 크나큰 상처를 입었고, 더불어 경제적으로도 극심한 인플레이션을 겪게 된다. 이처럼 정신적·경제적으로 큰 타격을 입은 독일 국민들에게는 나치를 이끌고 등장한 히틀러가 새로운 희망으로 여겨지게 된다. 이로써 유럽에는 또 다른 세계대전, 즉 **제2차 세계대전**의 불씨가 자라게 된다.

제1차 세계대전의 도화선이 된 오스트리아 황태자 프란츠 페르디난트 대공 가족

제1차 세계대전은 다양한 방면에 영향을 끼쳤다. 독가

스와 같은 대량 살상무기가 개발됐고 탱크와 같은 무기가 새로 등장했다. 아울러 군수산업의 발전으로 여성의 사회진출이 늘어나자 생리대와 같은 여성 물품들이 상품화되었다.

한편 제1차 세계대전은 국제연맹이라는 국제평화기구가 설립되는 계기가 되었다. 그러나 국제연맹은 일본과 나치로 대표되는 신흥군국주의 세력을 제재할 만한 능력이 없었던 탓에 그들의 침략 행위를 막지 못했고, 결국 제2차 세계대전의 발발과 함께 붕괴되었다.

독가스가 최초로 사용된 전투로 기록된 솜 전투때의 영국군 참호

제2차 세계대전

104

World War II(第二次世界大戰)

나치 독일군이 폴란드를 침공하면서 시작된 전쟁 (1939.9.1~1945.8.15).

인류 역사상 가장 많은 인명과 재산 피해를 낸 전쟁이다. 개전 시기를 1937년 7월 7일 일본의 중화민국 침략, 1939년 3월 독일의 프라하 침공으로 보기도 한다.

제1차 세계대전 이후 유럽의 정세는 혼란 그 자체였다. 독일은 극심한 인플레이션으로 고통 받고 있었고, 이탈리아에서는 **파시즘**이 등장, 배타적 국가주의가 팽배해졌으며, 러시아혁명 이후 공산주의가 세력을 얻음에 따라 서방 국가들에는 위기감이 고조되었다. 그 결과 민족주의와 인종주의를 바탕으로 한 나치당과 파시스트당이 판치기 시작했다.

이 와중에 독일의 정권을 잡은 히틀러는 자국의 초인플레이션을 극복하기 위해 라인란트 비무장지대를 점령, 로카르노 조약을 파기, 오스트리아를 합병, 체코슬로바키아 수데텐 지방의 합병을 진행하며 유럽 진출을 위한 전쟁 준비를 해나갔다. 1939년에는 소련과 독소불가침조약을 맺고 영국과 프랑스를 압박하는 한편, 소련과 연합해 폴란드를 침공했다. 폴란드와 동맹을 맺은 영국과 프랑스는 곧이어 선전포고를 했지만, 폴란드에 이어서 덴마크와 노르웨이가 함락되면서 전쟁은 다시 세계대전의 수준으로 치닫게 되었다.

한편 동아시아에서는 이미 대한제국과 대만을 식민지로 삼은 일본이 만주를 침공, 식민정권을 수립했다. 이에 중화민국이 항의하자 일본은 국제연맹을 탈퇴하고 중일전쟁을 시작, 독일과 이탈리아와 방공협정을 맺는다. 미국은 석유 등의 수출금지조치를 취해 일본을 압박했지만, 이것은 오히려 일본이 원자재 수급을 위해 동남아시아와 오세아니아를 침략하는 계기가 되었다. 일본은 여기에서 그치지 않고 1941년 12월 8일 항공모함을 동원해 미국 태평양 함대의 진주만을 폭격함으로써 결국 태평양 전쟁을 일으킨다.

따라서 전쟁은 서부유럽전선, 동부유럽전선, 중일전쟁, 태평양 전선으로 구분되어 진행되었다.

유럽 전선의 경우 초기의 승리는 대부분 독일의 몫이었다. 그러나 영국과의 공중전에서의 패배, 소련 침공의 실패, 북아프리카 전선에서의 철수 들로 전력에 차질을 빚기 시작한다. 한편 영국과 미국은 개전 초부터 폭격기를 동원, 독일의 주요 공업 지대와 주요 도시들을 폭격해 전략적으로 큰 성공을 거뒀다. 또한 시칠리아와 이탈리아로 진격, 무솔리니를 실각시켰고, 1944년 노르망디 상륙작전으로 프랑스를 되찾고 독일 본토를 공격하기 시작했다. 이 시기에 히틀러에 대한 암살 시도가 발생하는 등 독일 내 갈등이 표면적으로 드러나기 시작한다.

그 후 핀란드, 루마니아, 헝가리 등에 항복을 받아낸 소련군이 5월 1일 베를린에 진입하자 히틀러는 해군제독 카를 되니츠에게 총통 자리를 넘긴다는 유서를 남긴 후 자살, 결국 독일은 1945년 5월 8일과 5월 9일에 걸쳐 항복을 선언했다. 한편 무솔리니는 이탈리아에서 독일로 탈출하려다 민병대에게 잡혀 처형 당했다.

진주만 공격에 성공한 일본은 필리핀, 홍콩, 싱가포르, 미얀마, 서부 뉴기니 섬, 동인도는 물론이고 솔로몬 제도까지 함락, 태평양의 모든 섬들을 장악했다. 그러나 오스트레일리아 본토 공격과 산호해 해전에서의 실패에 이어 미국 항공모함 둘리틀의 공습, 미드웨이 해전에서의 대패로 전세가 기울어지기 시작했다. 잇따른 실패로 일본은 결국 동남아의 거의 모든 전초기지를 빼앗긴 채 일본 본토를 방어선으로 삼아 저항하기에 이른다. 그러나 1945년 3월 10일 도쿄 대공습으로 많은 희생자를 냈고, 6월 23일 오키나와가 함락된 데 이어 1945년 8월 6일 히로시마, 8월 9일 나가사키에 원자폭탄이 떨어졌다.

결국 일본은 8월 15일 항복을 선언했고, 이로써 길고 긴 제2차 세계대전이 막을 내렸다.

종전 후 얄타 회담과 포츠담 회담을 통해 대한민국과 대만을 비롯한 아프리카의 여러 나라들이 독립했고, 국제연합도 창설되었다. 그러나 승전국이 된 소련이 강력한 권리를 행사하기 시작하면서 냉전시대로의 발판을 마련하게 되고, 이는 다시 한국전쟁, 인도네시아 독립전쟁, 베트남전쟁으로 이어지게 된다.

제2차 세계대전은 인류 역사상 가장 참혹한 전쟁범죄와 대량살육이 자행된 전쟁이기도 했다. 전사자가 약 2천500만 명이었고, 민간인 희생자도 약 3천 만 명에 달했다. 1937년 일본에 의해 자행된 중국 난징 대학살

일본의 진주만 공습 시 공격을 받아 불타고 있는 미국 전함 애리조나 호

이나 아시아 여성의 위안부 강제동원뿐 아니라 독일에 의한 유대인과 집시 학살도 있었다. 또 미국은 도쿄 대공습으로 15만, 히로시마와 나가사키에 원자폭탄을 투하해 약 34만 명을 살상했고, 영국 공군과 함께 드레스덴과 뮌헨을 공습해 20만 명 이상을 살상했다.

포츠담 회담을 이끌어낸 각국의 영수들
좌측부터 영국의 처칠, 미국의 트루먼, 소련의 스탈린

원자폭탄 투하 후 폐허가 된 히로시마

왜 원자폭탄을 나가사키에 투하했을까?

미국이 원자폭탄 투하를 검토했을 때 선정한 후보지는 일본 함대의 집결지인 히로시마, 연료 저장 지대인 교토, 군수품 공장 지대인 고쿠라, 제철 및 정유 지대인 나가사키 등 네 곳이었다. 이곳들은 도시의 규모가 지름 5킬로미터 이상이고 공습으로 피해를 입지 않은 곳이라는 조건에 부합하는 곳이기도 했다. 결국 원자폭탄은 가장 먼저 히로시마에 투하되었다. 미국은 원자폭탄 투하 이후 일본에게 무조건 항복을 요구했는데 일본이 미적미적 하자 두 번째 투하를 결정, 교토를 목표로 삼았다. 그러나 투하 결정 사흘 전 일본의 천년고도를 공격할 경우 자존심에 상처 입은 일본이 종전 후 소련의 편에 서게 될지도 모른다는 정치적 판단에 따라 세 번째 예정지였던 고쿠라를 선택했다.

그런데 원자폭탄 투하 당일 고쿠라에 구름이 잔뜩 끼어서 시야를 확보할 수가 없었다. 이래서는 원자폭탄의 성능을 제대로 확인할 수 없을 터였다. 게다가 고쿠라까지 갔다가 돌아올 만큼 연료가 충분치 않았다. 결국 미국은 네 번째 예정지 나가사키를 선택할 수밖에 없었다.

국제연합의 주요 상설기구

국제연합United Nations은 세계평화의 유지를 위해 설립된 국제
기구로서 평화유지활동, 군비축소활동, 국제협력활동을 주요활
동으로 한다. 주요기구, 전문기구, 보조기구로 구성되어 있다.
현재 주권국으로 인정되는 대부분의 국가가 국제연합의 회원
국이며, 뉴욕 본부에서 매년 총회를 열고 있다. 공식 언어로는
영어, 에스파냐어, 프랑스어, 중국어, 아랍어, 러시아어를 사용
하고 있다.

1. 안전보장이사회United Nations Security Council(UNSC)

평화와 안보를 중재하는 역할을 하며 구속력이 있는 결정을 내
릴 수 있는 유일한 구조체다. 안전보장이사회는 총 15개국으로
5개국의 상임이사국과 10개국의 비상임이사국으로 구성된다.
상임이사국은 미국, 영국, 프랑스, 러시아, 중국 들로 이들은 거
부권을 행사할 수 있다. 10개의 비상임이사국은 2년마다 대륙
안배를 고려해 선거로 결정된다.

2. 국제연합사무국Secretariat of the United Nations

국제연합 사무총장이 수장이며 사무국 직원들은 세계 시민에게 봉사한다는 뜻으로 국제공무원international civil servants이라고도 한다. 사무총장의 의무는 국제분쟁을 조정하며 평화유지군 관련 결의 조정, 국제회의 준비, 총회 결의안 이행 등이다. 유엔 헌장상 사무총장은 임기는 5년으로 10년까지 연임할 수 있다. 프랭클린 D. 루스벨트가 말했듯이 국제연합 사무총장은 '국제 사회의 조정자'로서 헌장에는 '국제연합의 최고 행정관'으로 규정되어 있다. 2011년 국제연합의 사무총장은 대한민국 국적의 반기문이다.

뉴욕에 있는 국제연합 사무국 건물

3. 국제사법재판소 The International Court of Justice(ICJ)

네덜란드 헤이그에 있는 국제연합의 가장 주요한 사법기관이다. 1945년 유엔 헌장에 따라 설립됐으며 이듬해 국제정의재판소를 계승해 탄생했다. 국가 간 분쟁을 조정하고 대량 살상을 저지르거나 불법 전쟁범죄와 관련된 사건을 주로 다룬다. 국제연합의 가맹국은 물론 비가맹국도 일정한 조건 아래에서 재판소 규정의 당사국이 될 수 있다.

국제연합 총회 및 안전보장이사회에서 선출된 15명의 재판관으로 구성되며, 국제법을 적용하여 심리한다. 강제적 관할권은 없다.

국제사법재판소로 쓰고 있는 평화궁

4. 유엔경제사회이사회 The Economic and Social Council(ECOSOC)

안전보장이사회, 신탁통치이사회와 함께 3대 이사회 중 하나로 본부는 미국 뉴욕에 있다. 세계 경제·사회의 협력과 증진을 목적으로 1945년 설립되었다. 국제연합 총회에서 3분의 2 이상의 찬성표를 얻어 선출된 54개국이 3년간 이사국이 된다. 단, 의장의 임기는 1년이다.

경제사회이사회의 하부 기구로는 유엔인권위원회(UNCHR), 유엔식량농업기구(FAO), 국제노동기구(ILO), 유엔교육과학문화기구(UNESCO), 국제농업개발기금(IFAD), 세계은행 그룹(World Bank Group), 세계보건기구(WHO) 등이 있다.

대한민국은 1992년과 1997년, 2000년에 이사국으로 선출되었다.

105 파시즘
Fascism

국수주의적·권위주의적·반공적인 정치사상 및 운동.

'묶음'이란 의미의 이탈리아어 파쇼fascio에서 파생되어 나온 말로 이탈리아 무솔리니에 의해 주창되면서 '결속·단결'의 의미로 변질되었다.

파시즘은 국가, 인종, 민족이 이를 구성하는 개인보다 우월하다고 주장한다. 정치적으로는 자유주의가 계급투쟁을 통해 공산주의를 만들었다면서 자유주의와 공산주의 모두를 부인하고 계급투쟁 역시 반대한다. 경제적으로도 '제3의 길'이라는 자본주의나 사회주의와도 다른 독자적 정책을 실시한다. 또한 과거의 영광을 재현한다는 목적 아래 개인에게 영웅적 노력을 요구할 뿐 아니라 지도자에 대한 충성을 강제한다.

파시즘 운동은 1919년 이탈리아 밀라노에서 민족의 영광을 꿈꾸는 과격한 퇴역군인, 국가주의적 생디칼리스트, 미래파 지식인, 젊은 반부르주아 불만 세력들이 주축이 되어 기존의 사회주의와 기독교 정당에 대한 저항을 목적으로 시작되었다. 사회주의에서 출발한 나치와는 달리 사회주의를 부정하면서 출발한 것이다. 그러다 1922년 **무솔리니**가 이탈리아를 장악하면서 파시즘은 새로운 권위주의 체제를 나타내는 말로 사용되기 시작한다.

파시즘을 지지한 계층은 대부분 사회 불만층이기는 하지만 경제적, 신분적인 틀은 일정하지 않다. 대기업과 노동자, 농민과 지주, 국민주의자와 반동주의자, 전쟁 퇴역 군인, 보수주의자와 소기업 자본가, 그리고 빈곤 계층 등 서로 상이한 계층들로부터 모두 지지를 받았다.

이탈리아 파시즘의 깃발

106 베니토 안드레아 아밀카레 무솔리니

Benito Andrea Amilcare Mussolini

이탈리아 정치가, 이탈리아 파시스트당의 총수, 독재자(1883.7.29~1945.4.28).

히틀러와 함께 제2차 세계대전을 발발시킨 주범이자 파시즘적 독재자.

이탈리아 북동 프레다피오에서 대장장이의 아들로 태어났다. 사범학교를 나와 교사가 되었으나, 1902년 사회주의자와의 접촉을 시작으로 사회주의운동에 적극적으로 참여, 1912년 사회당 집행위원 및 당 기관지 〈전진Avanti〉의 편집장으로 활약했다. 초기의 그는 이론적으로는 정비되어 있지 않았지만, 웅변과 자기 과시적인 연기에 능하고 영웅주의적 기질이 강해 사람들의 눈길을 끌 수 있었다.

제1차 세계대전이 발발하자 참전을 주장했으나 이로 인해 사회당에서 제명되면서 사회당과 결별했다. 이후에도 뜻을 굽히지 않다가 1914년 말 조직을 결성해 겨우 참전했지만 수류탄 사고로 부상 당했다.

종전 후부터는 제대군인과 사회주의를 반대하는 무리

들을 규합해 과격한 국가주의를 내세워 사회주의자들을 습격하는 등 급진적 우파로 활동하기 시작한다. 결국 1921년 5월 국회의원에 당선된 후 전투자동맹을 파시스트당으로 개편해 당수가 되었다. 그리고 이어서 1922년 10월 '로마 진군'이라는 쿠데타를 일으켜 정권을 인수했다.

대외적으로는 1935년 에티오피아 침략, 1936년부터 1939년까지 **에스파냐 내전** 간섭 등으로 제국주의적 팽창정책을 구체화시켰다.

1940년 제2차 세계대전에 참전, 영국과 프랑스에 대항하였으나 고전을 면치 못하다가 1943년 7월 연합군이 시칠리아 섬에 상륙하면서 실각했다. 한동안 구금 생활을 하던 무솔리니는 독일군에 의해 구출되어 이탈리아 사회주의 공화국이라는 나치 괴뢰정권을 세우기도

한다. 그러나 독일 항복 직전인 1945년 4월 25일 이탈리아의 반파쇼 의용군에게 체포되어, 28일 사살되었다. 그리고 그의 시신은 분노한 의용군과 시민들에 의해 무참히 훼손되었다.

무솔리니와 히틀러

국가주의, 협동조합주의,

팽창주의, 사회진화론, 반공주의와 같은 다양한 정치 이념들을 조합해 독자적인 파시즘을 탄생시킨 무솔리니는 비밀경찰을 움직여 자신에게 반기를 드는 무리를 철저히 색출해 탄압한 것으로도 악명이 높다. 그럼에도 불구하고 그가 대중적 지지를 얻을 수 있었던 것은 습지의 개간, 공공사업과 기반시설 확충에 따른 일자리 창출을 통해 경제를 성장시키는 등 이탈리아제국의 경제적 안정을 실현시킨 점과 로마와 바티칸 시국 사이의 문제를 해결한 점 때문이었다.

107 에스파냐 내전
Guerra Civil Española

    에스파냐의 좌파 인민전선 정부와 우파 반란군 사이에 있었던 내전(1936.7.17~1939.4.1).

    1936년 제2공화국의 인민전선人民戰線 정부가 수립되자 이에 반대하는 군부가 7월 17일 내란을 일으키면서 시작되었다.

    제1공화국과 왕정복고 시기를 거치면서 심화된 계급 갈등 속에서 지방자치와 평화주의, 교회와 국가의 분리, 여성의 참정권 명시 등을 기치로 내걸어 1931년 총선에 승리한 공화파는 가장 큰 현안인 토지개혁을 추진하려 했지만, 소수 지배계급인 지주와 로마 가톨릭 교회의 저항에 부딪혀 우왕좌왕 했다. 여기에 세계적인 대공황까지 겹치면서 에스파냐 내부의 양극화와 계급 갈등이 심각해졌다. 이런 때 무정부주의와 파시즘 등의 극단주의가 대두되면서 혼란해지자 1933년 내각이 퇴진, 총선으로 우파가 집권하게 된다. 하지만 우파가 군대를 동원한 노동운동 탄압을 자행함으로써 국민의 눈 밖에 난다.

    결국 1936년 2월 총선에서 마누엘 아사냐 디아스Manuel

Azaña Díaz가 이끄는 좌파 인민정부가 승리했고, 이들 좌파 정부는 그동안 미뤄두었던 토지개혁 등 각종 개혁을 실시하고자 했다. 이에 지주, 자본가. 교회의 불만을 등에 업은 프란시스코 프랑코가 군부를 이끌고 반란을 일으킨다. 공화국 측에서는 노동조합을 중심으로 시민군을 결성해 방어하는 한편 파시스트 재산을 몰수하고 공공사업을 정부 주도로 일으키는 등 개혁을 진행시켰다.

에스파냐 내전은 유럽 사회에서도 관심의 대상이 되었다. 독일과 이탈리아, 포르투갈은 프랑코 세력에게 군사 원조를 했고, 로마 교회는 프랑코군을 '신新십자군'이라 명하고 공식적으로 지지했으며, 영국과 프랑스도 '내정 무간섭주의Non-Intervention'라는 명목 아래 공화국에 무기를 수출하지 않음으로써 암묵적으로 프랑코군을 지지했다. 반면 소련과 **코민테른**은 무기와 의용군을 보내 공화국을 지지했다.

그러나 공화국 내부의 분열과 프랑코군의 정치적 활약으로 1939년 바르셀로나가 프랑코군에게 점령되자 영국과 프랑스가 프랑코 정권을 정식으로 승인했고, 마드리드에서 일어난 쿠데타마저 프랑코군에게 진압되면서 사실상 내란은 끝이 났다. 이후 에스파냐에는 프랑코 체제가 수립되었고, 총통이 된 프랑코는 1975년 사망할 때까지 1인 독재정치를 이어나갔다.

108 코민테른

Comintern

레닌의 발기에 의해 창설된 마르크스-레닌주의당의 국제적 조직체(1919.3).

제3국제당, 제3인터내셔널로도 불린다. 1943년 5월 15일 해체되었다.

러시아의 혁명이 승리한 이후 유럽 각국에 공산당이 창당되지만 독자적으로 혁명을 이끌 만큼의 역량이 되지 못함에 따라 각국의 공산당들을 통일적으로 지도할 수 있는 국제적인 조직체가 요구되었다. 이에 레닌이 1919년 각국 공산당 조직의 대표들을 모스크바로 소집해 창건을 선포했다. 창건 대회는 30개 나라의 35개 공산당, 좌익정당 및 그룹의 대표 52명이 참가한 가운데 진행되었다. 코민테른의 목적은 각국 공산당들 사이의 연계를 강화해 활동을 통일적으로 지도함으로써 프롤레타리아 독재를 세워 사회주의와 공산주의를 건설하는 데 있었고, 최고기관은 대회였다. 또 1국 1당의 원칙에 따라 국제공산당지부를 두었다.

한편 제7차 대회에서 노선이 이전의 계급투쟁에서 반

제국주의투쟁으로 바뀌면서 조선의 사회주의 독립운동
가들에게 이념적 근거가 되기도 한다. 그에 따라 **김산**과
같이 중국에 근거지를 마련하고 있던 사회주의계 독립
운동가들은 중국공산당에 입당해 활동하게 된다.

스탈린 정부 시절 다수의 지도자들이 숙청되면서 코
민테른은 결국 해체되고 말았다.

레닌 독살설?

레닌은 쉰다섯 살의 나이로 사망했는데, 사인은 뇌일혈로 발표되었다. 그
러나 스탈린이 죽자 공공연하게 레닌이 독살되었다는 소문이 나돌았다. 그
근거는 레닌이 사망 전 수차례 발작을 일으켰다는 것과 그의 유서였다.
레닌이 독살되었다는 소문은 스탈린이 죽은 뒤 그에 대한 비판이 이루어
진 1956년에 레닌의 유서가 공개되면서 퍼지게 된다. 즉, 당 지도부의 신
임을 받지 못한 스탈린이 이제껏 유일하게 자신을 믿어줬던 레닌마저 자
신이 제거되기를 바라고 있다는 사실을 알자 레닌에게 장기간에 걸쳐 독
약을 투입, 자신이 권력을 장악할 때에 맞춰 레닌을 죽게 했다는 것이다.
레닌은 첫 발작이 있은 후 별장으로 휴양을 떠나면서 스탈린으로 하여 대
리하게 했다. 그런데 점차 스탈린의 거친 성격에 회의를 느꼈고, 이에 자
신의 사후 스탈린을 제거하라는 내용으로 유언장을 작성했다. 레닌이 사
망하기 2년 전인 1922년의 일이었다. 게다가 당 지도부도 스탈린보다는
트로츠키를 미래의 서기장으로 보고 있었다. 이런 상황에서 스탈린은 레
닌의 유서를 공개하지 못하게 함과 동시에 레닌 사후 재빨리 권력을 장악
해야만 했다. 따라서 레닌의 복귀를 막고 권력 장악의 준비가 끝났을 때
레닌을 죽이기 위해 장기간 독약을 투여했다는 것이 레닌 독살설의 근거
다. 그러나 스탈린이 실제로 독살을 지시했다고 해도 피의 숙청을 감행한
그가 독살을 수행한 이들을 살려뒀을 리 없는 데다가 그 자신 역시 사망
했으므로 진실을 확인할 방법은 없다. 적어도 아직까지는…

273

109 김산

金山

사회주의 혁명가, 항일독립투사, 아나키스트(1905~1938).

본명은 장지학張志鶴, 또는 장지락張志樂. 님 웨일스가 쓴 《아리랑》의 실재 주인공이다.

평안북도 용천 출생으로 일본에서 동경제국대학 입학을 준비하는 동안 일본 노동자와 재일 조선인의 열악한 처지를 목격하면서 마르크스주의와 무정부주의에 빠져 1919년부터 이듬해까지 아나키스트로 활동했다.

1920년경 만주로 건너간 김산은 6개월간 **신흥무관학교**에서 군사학을 배우고 상하이로 가서 임시정부 기관지인 〈독립신문獨立新聞〉의 교정원 및 인쇄공으로 일했다. 그는 이 시기에 독립운동가들과 친분을 맺었고 공산주의에도 관심을 갖게 되었다. 그리고 결국 1925년 7월 국민혁명의 중심지인 광저우廣州로 가서 중국공산당에 입당했다.

1929년에는 중국공산당의 요청으로 북경시위원회 조직부장을 맡아 조선혁명청년연맹 대표대회에 참가, 만주와 화북 지방에서 활동하던 조선인 독립운동가들을 중국공산당에 가입시켰고, 베이징北京에서 1·29 학생운동이 일어났을 때는 4천여 학생이 참가한 대규모 시위를 지도하기도 했다. 1938년 8월 산간닝陝甘寧 소비에트 지구에서 조선혁명가 대표로 당선되어 활동하던 중 미국의 언론인 님 웨일스Nym Wales를 만나 자신의 생애를 구술했다.

1938년 중국공산당 중앙서기국 당보 편집위원회 주석이었던 캉성康生의 지시로 '트로츠키주의자이자 일본의 간첩'이라는 누명을 쓰고 처형당했다.

김산의 생애를 기록한 《아리랑》은 1941년에 미국에서 출판되었다. 이는 조직 보호를 위해 한동안 출판을 미뤄달라고 했던 김산의 부탁을 받아들인 님 웨일스의 배려 덕분이었다.

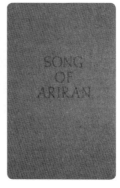

처형 직전의 김산　　**님 웨일스의 《아리랑》 초판 표지**

신흥무관학교

新興武官學校

110

독립군 양성 기관(1911.6.10~1920).

중국 지린성吉林省 류허현柳河縣에 있었다.

1911년 이상룡을 주축으로 설립, 밖으로는 일제의 눈을 피하고 중국 당국의 양해를 얻기 위해 신흥강습소란 이름을 내걸었지만, 실제로는 독립군 양성을 위한 군사학교를 표방했다.

신흥무관학교라는 이름을 사용하게 된 것은 1919년 3·1운동 이후다. 옥수수 창고를 빌려 학교를 연 이래 신흥무관학교는 최대 2천에서 3천 명에 이르는 학생들을 교육할 정도로 규모가 커졌다.

이들이 중국 땅에 학교를 세운 이유는 을사사변 이후 노골적으로 침략 야욕을 드러낸 일본이 민간인 학살, 마을 소개 등 잔혹한 진압작전을 전개함에 따라 한반도 내에서의 의병 활동이 점차 어려워진 것에 있다. 이런 국내 상황 속에서 1910년 한일합방이 되면서 설 자리를 잃게 된 독립운동가들이 만주와 연해주 등지로 활동무대를 옮겼고, 그에 따라 이 지역에 많은 단체들이 생겼다. 러시아 블라디보스토크의 권업회, 북간도의 간민회, 그리고 서간도의 신흥무관학교가 그것이다.

한편 신흥무관학교에서는 다음과 같은 '6대 정신'을 강조했다.

첫째, 임무에 희생한다.
둘째, 체련에 필승한다.
셋째, 간고에 인내한다.
넷째, 사물에 염결(청렴)한다.
다섯째, 건설에 창의한다.
여섯째, 불의에 항거한다.

신흥무관학교 졸업생들의
기관지 〈신흥교우보〉

신흥무관학교는 그 지역적 특성상 서간도를 중심으로 활동했던 무장항일단체인 서로군정서의 모태가 되었다.

신흥무관학교의 졸업생들은 서로군정서 의용대, 조선혁명군, 대한독립군, 대한민국 임시정부 광복군 등에 참여해 무장독립운동의 한 축을 담당했다. 대표적인 인물로는 **청산리 전투**를 승리로 이끈 김좌진, 홍범도가 있다. 학교는 1920년 일제에 의해 강제 폐교되었다.

청산리 전투

青山里戰鬪

111

북로군정서와 대한독립군 주축의 독립군이 청산리 백운평 등지에서 일본군을 대파한 전투.

청산리 대첩青山里大捷으로도 불린다. 청산리 백운평 등지에서 일본과 벌인 10여 차례 전투의 총칭이다.

1920년 10월 만주와 간도 지역에서 무장활동을 하는 독립군을 초토화한다는 목표 아래 일본군 동지대東支隊 부대가 용정, 대굴구, 국자가, 두도구 지역으로 진군해 오면서 조선민들을 학살하고 집과 촌락을 불태우는 등의 만행을 저지른다. 이에 독립군은 맞서 싸우기로 결정하고, 결전의 장소를 청산리 백운평으로 정한다.

북로군정서의 김좌진은 부대를 두 개로 나눈 다음, 비교적 훈련이 덜 된 사병들로 구성된 제1제대를 이끌고 산기슭에 매복하고, 후위대로서의 제2제대는 연성대장 이범석에게 주어 백운평 바로 위 골짜기에 매복시킨 후 독립군의 사기가 떨어져 도망치고 있다는 거짓 소문을 퍼뜨린다. 이에 일본군은 매복 사실도 모른 채 기세등등하게 백운평에 진입했고, 그들의 선두가 북로군정서군

제2제대의 매복 지점으로부터 열 발자국 앞에 도달했을 때 독립군의 기습이 시작되었다. 이때가 1920년 10월 21일 오전 9시였다.

일본군 전위부대 200명은 교전한 지 20여 분 만에 전멸했고, 뒤이어 도착한 야마다山田 토벌연대의 본대 역시 당황하여 희생자만 낼 뿐 전과를 올리지는 못 했다. 결국 일본군은 전우의 시체로 은폐물을 만들어 필사적으로 반격했지만 1,200명에서 1,300명의 전사자만 더 내고 패주하고 말았다. 전투에서 크게 승리한 북로군정서는 퇴로가 차단될 것을 우려해서 22일 새벽 2시 30분에 곧바로 철수했다.

청산리 전투에서 승리할 수 있었던 이유는 독립군의 분전, 지휘관들의 우수한 유격작전, 간도 지역 조선인들의 헌신적인 지지와 성원에 있었다.

그러나 이 전투는 다음과 같은 부작용도 낳았다.

1920년 독립군 소탕작전에 투입된 일본군이 독립군을 처형하고 있다.

첫째, 일본은 독립군을 소탕한다는 미명 아래 중국으로부터 만주에서의 자유로운 군사 활동을 인정받았다. 즉, 일본군이 만주에 진주하는 명분이 되었다.

둘째, 독립군을 도왔던 소련이 일본의 압력으로 독립군 소탕에 직접 나서게 되었다.

셋째, 일본군의 만행과 감시가 더욱 심해져 간도에서의 활동이 어려워짐에 따라 독립운동가들이 연해주 등지로 활동 무대를 옮겼는데, 이는 소련 당국이 소수민족 강제이주 대상 민족에 한민족을 넣는 명분이 되었다.

이러한 부작용에도 불구하고 청산리 전투가 국권을 빼앗기고 시름에 젖어 있던 한민족의 울분을 씻어준 한국 무장독립운동 사상 가장 빛나는 전과를 올린 대첩大捷임에는 틀림없다.

김좌진과 북로군정서
청산리 전투 후 승전 기념사진

북로군정서

112

北路軍政署軍

북간도에서 만든 무장독립운동 부대(1919~1922).

간도에서 대종교의 교인들 중심으로 조직되었던 중광단重光團과 3·1운동 이후 결성된 정의단正義團이 통합하여 무장독립운동을 목적으로 하는 대한군정부를 창설하는데, 이는 대한민국임시정부의 지시로 대한군정서大韓軍政署로 개편되었다. 그리고 서간도에서 활동하던 서로군정서와 대비해 북로군정서로 불렀다.

주요 인사들로는 총재 서일, 총사령관 김좌진, 참모장 이장녕, 사단장 김규식, 여단장 최해, 연대장 정훈, 연성대장 이범석, 경리 계화, 길림분서고문 윤복영, 군기감독 양현 등이었다. 특히 신흥무관학교 출신이자 신민회, 광복회 계열이었던 김좌진의 합류는 독립군의 조직과 훈련이 체계화되었다는 것을 의미한다.

북로군정서는 이후 사관 양성소를 설립하는 한편 교포 교육에도 힘썼다. 또한 1920년 10월에는 청산리 전투에서 일본군을 상대로 크게 승리했다.

그 뒤 북로군정서 부대는 일본군을 피해온 대한독립

군, 대한신민회, 도독부, 의군부, 혈성단 등 10여 개 무장독립군 조직과 연계해 연해주로 근거지를 옮긴 후 **대한독립군단**을 형성했다. 그러나 일본의 압력을 받은 소련에 의해 무장해제를 당하고 해체되었다.

북로군정서의 부대 편제는 50명을 1개 소대로 하고, 2개 소대를 1개 중대로, 다시 2개 중대를 1대대로 편성했다. 병력 규모는 초기에는 500여 명이었으나 1920년 8월에는 1,600명이 넘었다.

북로군정서로 불린 대한군정서의 총재 서일

## 113

대한독립군단

大韓獨立軍團

독자적인 활동을 하던 여러 독립군 부대가 통합·조직한 항일 독립군 부대(1920~1921).

봉오동 전투와 청산리 전투가 모두 독립군의 승리로 돌아가자 일본은 대부대를 투입해 만주 전역에 걸친 강력한 보복작전을 전개했다. 이에 각처에 산재해 있던 독립군들이 소련과 만주의 국경지대로 집결해 통합을 위한 의논을 했다. 결국 대한독립군단을 조직하기로 결정하고, 총재 서일, 부총재 김좌진·홍범도·조성환, 총사령 김규식, 참모총장 이동녕, 여단장 지청천을 임명한 후 행동 통일을 결의했다. 이때 대한독립군단의 병력은 모두 27소대 3,500명이었다.

1920년 12월 대한독립군단은 헤이룽 강黑龍江을 건너 러시아령 자유시 일대에 주둔하면서 50만 명의 교포와 붉은 군대의 원조로 무기를 보충하는 한편 때때로 붉은 군대가 수행하는 작전에 참여했다.

그러나 러시아혁명 후 일본의 강력한 압력에 굴복한 소련이 독립군에게 무장해제를 요구했고, 이에 대한독

립군단이 저항하면서 무력사태, 즉 **자유시 참변**이 발생
했다. 그 결과 많은 독립군이 희생되었고, 대한독립군
단도 해체되었다.

1920년 대한독립군단 창설 당시 통합된 독립군 부대
는 북로군정서, 대한독립군, 간도국민회, 대한신민회, 의
군부, 혈성단, 광복단, 도독부, 야단野團, 대한정의군정사
등 모두 열 개였다.

붉은 군대에게 무장해제를 당하고 있는 독립군들

자유시 참변

114

自由市慘變

붉은 군대가 대한독립군단 소속 독립군들을 포위 · 사살한 사건(1921.6.27).

흑하사변黑河事變이라고도 한다. 자유시는 러시아의 도시 스보보드니의 한국식 명칭이다.

당시 소련은 볼셰비키의 붉은 군대(적군)와 반혁명파의 하얀 군대(백군)가 대립하던 내란의 시기인 데다가 체코슬로바키아 군단의 반란, 외국군의 무력 간섭이 겹치면서 혼란스러운 상황이었다. 이때 하얀 군대를 지원한다는 명목 아래 1918년 4월 시베리아로 출병한 일본군은 하얀 군대를 지원하는 한편 독립무장투쟁 단체들에 대한 소탕 작전을 개시, 1920년 4월 4일과 5일 블라디보스토크의 모든 볼셰비키 기관과 한인 밀집 지대를 습격했다. 그 결과 블라디보스토크의 볼셰비키 기관과 붉은 군대는 북방으로 후퇴하게 되었고, 붉은 군대에 가담했던 독립군들도 이들과 행동을 같이하게 된다. 결국 독립군은 1921년 1월 중순부터 3월 중순에 걸쳐 자유시에 집결했다.

그런데 독립군 통수권을 둘러싸고 이항군(후에 사할린 의
용대로 개칭)과 자유대대 사이에 갈등이 생겼다. 이때 사할
린 의용대는 상하이파 고려공산당이 장악한 상해임시
정부를, 자유대대는 이르쿠츠크파 고려공산당이 장악한
대한국민의회를 각각 지지했다. 이런 상황에서 상하이
계파의 한인부가 사할린 의용대를 자유대대의 상위 부
대로 결정한 것에 자유대대가 명령 불응으로 대항했고,
이에 사할린 의용대는 자유대대의 장교들을 체포하고
부대원들을 무장해제시킨 후 지방수비대로 강제로 편입
시켰다.

이에 자유대대 지휘부들이 이르쿠츠크에 있던 코민테
른 동양비서부와 독립군의 통수권을 자기들이 가질 수
있도록 교섭해 고려혁명군정의회를 조직한 후 사할린
의용대를 압박해 자유시에 출두할 것과 고려혁명군정의
회에 귀속될 것을 요구했다.

한편 같은 해 일본과 소련은 북경에서 캄차카 반도 연
안의 어업권에 관한 어업조약을 체결했는데, 이때 일본
은 소련 영토 내에 한인혁명단체가 존재하는 것을 두고
문제를 제기, 혁명으로 인해 국력이 쇠약해진 소련은 일
본과의 불화를 피하기 위해 그들의 요구를 들어주기로
했고, 결국 1921년 6월 22일 자유시에 있던 독립군들에
게 무장해제 통지를 내린다.

이에 사할린 의용대가 완강히 저항하자 붉은 군대와 고려혁명군정의회 소속 군정의회가 두 대의 장갑차와 30여 문의 기관총을 앞세우고 의용군을 공격했다. 1921년 6월 28일의 일이다.

이날 참변으로 희생된 이의 수에 대해서는 자료마다 다르다. 《재로고려혁명군연혁》은 의용대 측은 사망 36명, 포로 864명, 도주 34명, 행방불명 59명이고, 군정의회 측은 사망 2명이라 기록했다. 《조선민족운동연감》은 사망 272명, 익사 31명, 행방불명 250명, 포로 970명으로 기록했다. 한편 이 사건에 대해 간도에 있던 독립군단체가 발표한 〈성토문〉에는 의용대 측은 사망 72명, 익사 37명, 도주 250여 명, 포로 917명이고, 군정의회 측은 소련의 붉은 군대 1만 명이 사망했다고 기록되어 있다.

1920년 3월 자유시에 집결했던 국민회군 소속의 독립군 안무

자유시 참변으로 몰락한 이동휘 시베리아에서 병사했다.

자유시 참변은 표면적으로는 사할린 의용대가 소련의 붉은 군대에게 공격 당한 사건이었지만, 근본적으로는 이르쿠츠크 고려공산당 대 상하이 고려공산당 간의 대립이 불러일으킨 안타까운 사건으로 볼 수 있다. 그러나 더 안타까운 사실은 자유시 참변으로 무장투쟁을 해오던 조선독립군 세력이 사실상 괴멸되고 말았다는 것이다.

1900년대 자유시 풍경

자유시 참변으로 부대를 잃은
홍범도

자유시에 집결해 있던 독립군들

115 대한국민의회
大韓國民議會

러시아의 블라디보스토크에 건립한 임시정부 성격의 단체(1919).

제1차 세계대전이 종결된 후 급변하고 있던 국제 정세의 변화에 대처하기 위해 1919년 3월 17일 개편된 조직이다. 전신은 1917년에 일어난 러시아혁명에 자극받은 한인 2,000명이 블라디보스토크 신한촌新韓村에서 모여 만든 '전로한족회중앙총회全露韓族會中央總會'다.

대한국민의회의 집행부는 최고의결기관인 총회, 총회를 대행하는 상설의회, 독립군의 조직과 훈련을 담당하는 선전부, 자금 모금을 담당하는 재무부, 무기 조달을 담당하는 외교부 등으로서 의장에 문창범, 부의장에 김철훈을 선출했다. 또한 별도의 행정부를 두어 대통령에 손병희, 부통령에 박영효, 국무총리에 이승만, 탁지총장 윤현진, 군무총장에 이동휘, 내무총장에 안창호, 산업총장에 남형우, 참모총장에 유동열을 추대하고 각계각층의 지도자 70명에서 80명을 의원으로 선출한 뒤 각국 영사관에 이를 통보, 대한민국의 독립과 일본 제국주의에 대한 항전 의지를 선포했다. 또한 체계적인 군사 교육을 위해 뤄쯔거우羅子溝에 훈련소를 설치했다.

훗날 상하이와 한성(서울)에 각각 별도의 임시정부가 세워짐에 따라 대한국민의회는 다른 임시정부들과 '세 개의 조직을 통합해 임시정부의 위치를 상하이에 둔다는 것, **상해임시정부**의 임시의정원과 대한국민의회를 합병해 의회를 조직한다는 것'에 약속하고 1919년 8월 해산을 결의했다. 하지만 실무 협의 때 합의 내용과 달리 진행되는 것에 반발하고 1920년 2월 25일 문창범 등을 주축으로 대한국민의회의 재건을 선언, 러시아 한인을 결집해나갔다.

이후 블라디보스토그에 대한 일본군의 장악력이 강화됨에 따라 독립운동가들이 잇따라 체포되자 1920년 5월 헤이룽 주黑龍州의 헤이허 시黑河市로 근거지를 옮겨 붉은 군대에 가담, 헤이룽 강 일대에서는 가장 큰 세력으로 성장했다. 그러나 좌파 성향의 한인총회가 요직을 차지하게 되면서 민족주의적인 색채가 퇴색되었고, 점차 해체되어갔다.

대한민국임시정부와 한성임시정부와 구별하기 위해 노령임시정부露領臨時政府라고도 한다.

상해임시정부

上海臨時政府

116

중국 상하이에서 발족된 대한민국의 망명 임시정부의 하나.

정식 명칭은 대한민국임시정부Provisional Government of the Republic of Korea(大韓民國臨時政府)다. 1919년 4월 각지 임시정부를 통합해 1919년 4월 13일 발족했다.

3·1 운동 이후 국내의 활동이 어려워지자 교통이 편리하고 쑨원孫文이 이끄는 중화혁명당中華革命黨의 지원도 받을 수 있는 상하이로 근거지를 옮긴 독립지사들이 이동녕, 여운형, 김동삼 등을 주축으로 신한청년단新韓靑年團을 결성, 1919년 4월 초 한성임시정부 추진 소식에 자극받아 4월 13일 대한민국임시정부를 수립, 이를 선포했다. 엄밀히 말하면 한성임시정부와 노령임시정부(대한국민의회)가 상하이 대한민국임시정부로 통합된 것이라 할 수 있다.

문창범을 의장으로 한 연해주 블라디보스토크의 대한국민의회와 이승만을 집정관 총재로 한 서울의 한성임시정부가 양립하면서 국내외 독립운동에 혼선이 빚어졌고, 일본의 감시 탓에 정보 교환도 원활하지 않았다. 게다가 한성임시정부의 경우 당시 미국 워싱턴에 있었던 이승만과 연락조차 어려웠다. 결국 효과적인 항일투쟁을 위해 각지의 임시정부를 통합해야 한다는 주장이 제기되었고, 이에 상해임시정부가 수립된다.

본래 임시정부의 행정수반은 국무총리였다. 그러나 이승만이 한성임시정부 집정관 총재를 대통령President으로 번역했고, 위헌이라는 경고에도 불구하고 1차 개헌을 통해 대통령 중심제를 채택한 후 스스로 대통령이 되었다. 이후 이승만의 친미親美 일변도의 노선은 신탁통치의 찬반을 놓고 갈등을 양산, 결국 이동휘, 신채호 등이 임시정부를 떠나게 만들었다. 이런 상황에서 이승만은 김규식을 총리 서리로 임명한 뒤 미국으로 떠나버렸다. 임시정부는 1925년 이승만을 탄핵한 뒤 박은식을 대통령에 선출하고 개헌을 통해 대통령제를 국무령제로 고쳤다. 이는 다시 1927년 말 국무령이 된 김구金九에 의해 집단지도체제인 국무위원제로 개편되었다.

임시정부의 초기 무장독립투쟁은 만주의 독립군 단체들을 측면 지원하는 수준이었다. 그러다 김구가 결성한 **한인애국단**을 중심으로 무장항쟁을 시작했고, 1940년 9월 17일에는 지청천을 총사령관으로 하는 한국광복군을 창설함으로써 국내에서의 일본과의 전쟁을 준비했다.

임시정부는 그 외에도 비밀연락망 조직인 연통부聯通府와 통신담당 기관인 교통국交通局을 두어 국내외 독립운동을 효과적으로 지도하기 위한 시도를 했고, 기관지 〈독립신문〉을 발행

1919년 상해임시정부 청사

했으며, 미국 중국 등 외국과 활발한 외교활동을 전개했다. 또 재정 확충을 위해 인두세를 걷고 국내외 공채도 발행했다.

1945년 광복을 맞은 임시정부는 9월 3일 국무회의 명의로 '당면정책 14개조'를 발표, 정부 출범 방안을 제시하는 한편, 임시정부의 정통성을 주장하며 망명정부 자격으로 귀국하길 원했다. 그러나 미 군정청이 이를 받아들이지 않음에 따라 지도부는 개인 자격으로 귀국할 수밖에 없었고, 그로 인해 실질적 임시정부의 내각과 정책은 하나도 계승되지 못했다.

임시정부의 정부 형태

광복 이후 김구와 이승만

는 대통령제(1919~1925), 내각책임제(국무령제·1925~1927), 집단지도체제(국무위원제·1927~1940), 주석제(1940~1945) 등으로 모두 다섯 번 개편되었다.

상해임시정부 요인들의 귀국을 환영하는 시민들

1943년 제34회 임시의정원

한인애국단

117

韓人愛國團

일본 요인 암살을 위해 결성한 비밀 독립운동 조직
(1931.10).

일제가 만주침략을 공공연히 자행함에 따라 중국 민
중의 항일운동이 확산되던 1931년 대한민국임시정부는
중국과의 우호 증진과 독립운동의 활성화를 목적으로
특수공작 임무를 수행할 비밀조직을 만들기로 결정, 이
에 김구는 윤봉길, 이봉창, 최홍식, 유상근, 이덕주, 유진
만 등의 애국청년 80여 명을 모아 한인애국단을 결성했
다. 이들의 임무는 주로 일본 요인 암살과 주요 시설 파
괴였다.

이에 한인애국단원 이봉
창은 도쿄東京 사쿠라다몬櫻田
門 앞에서 수류탄을 던져 일
본 천황의 암살을 시도했고
(1932.1.8), 윤봉길은 상하이 홍
커우虹口 공원에서 열린 전승
기념 및 천장절(천황 생일) 기념

**의거를 결의한 후 김구와 함께
기념촬영을 한 윤봉길**

295

식장에 폭탄을 던져 시라카와 군사령관, 우에다 육군대장, 등 20여 명을 살상했다(1932.4.29). 또 이덕주, 유진만은 조선총독의 암살을 시도했고(1932.4), 최흥식, 유상근도 중국 다롄大連에서 **국제연맹**의 간부를 마중 나온 일본 고관의 암살을 시도했다. 이처럼 한인애국단의 활동은 활발히 전개되었다.

그러나 이에 위협을 느낀 일제는 김구 및 임시정부 요인, 그리고 애국단원 체포에 총력을 기울이기 시작했다. 결국 김구는 상하이를 탈출해 항저우杭州에 임시정부판공서를 설치하는 한편 애국단원의 일부를 난징南京 군관학교에 입학시켜 체계적인 군사교육을 통한 군사력 확보에 매진했다.

의거 직후 일본군에 잡힌 이봉창

국제연맹
League of Nations(國際聯盟)

118

제1차 세계대전 이후 만들어진 국제평화기구
(1920~1945).

제1차 세계대전 이후 영국과 프랑스를 주축으로 하는
연합국이 스위스 제네바에서 창설한 국제평화기구다.
국제연맹은 국제 평화, 안전 유지, 경제·사회적 국제협
력 증진을 목적으로 했다. 42개 회원국으로 출발했으나
이후 소련의 가입 등으로 한때 회원국이 63개국에 달하
기도 했다. 그러나 독일과 일본의 탈퇴, 소련의 제명 등
으로 인해 점차 감소했다.

애초에 국제연맹을 구체화한 것은 미국의 28대 대통
령 우드로 윌슨Woodrow Wilson이었다. 그러나 공화당이
장악하고 있던 미국 상원이 **제임스 먼로**의 먼로주의를
내세워 가입 비준을 거부함에 따라 미국이 불참함으로
써 국제연맹은 불안한 토대에서 시작했다.

국제연맹은 1920년대 소규모 국제 분쟁을 해결하는
등 창설 10년 동안은 국제 평화와 안전 유지에 효과적
으로 기여했으나 1930년대 들어서면서 신흥 군국주의

세력인 일본과 나치 독일, 파시즘의 이탈리아 들이 자행한 침략 행위에 아무런 조치도 취하지 못하는 무력함을 보였다. 결국 제2차 세계대전이 발발하면서 기능을 완전히 상실, 1945년 10월 24일 유엔이 창설되면서 국제연맹은 업무와 위임통치령, 자산 등을 모두 유엔에 인계하고 해체됐다.

미국 잡지 〈펀지〉의 만평
소련 중심 인터내셔널과 연합국 중심 국제연맹의
힘의 차이를 우화적으로 표현하고 있다.

1926년 9월 독일의 국제연맹 가입을 의결하는 총회

119 제임스 먼로

James Monroe

미국의 제5대 대통령(1758.4.28~1831.7.4).

미국 버지니아 부유한 농장주의 아들로 태어나 버지니아 주지사, 국무장관을 거쳐 두 차례나 대통령을 역임했다.

1770년 초 영국에 대한 북아메리카 식민지 주민들의 감정이 좋지 않았는데, 그것은 '보스턴 학살'과 식민지에 대한 영국의 과도한 세금 부과에 원인이 있었다. '보스턴 학살'이란 영국군과 식민지 주민 사이의 충돌인데, 이 사건으로 보스턴 시민 5만 명이 희생되었다.

이에 북아메리카의 식민지 주민들이 아메리카 토착 모호크족으로 위장한 뒤 보스턴 항에 정박해 있던 영국 동인도회사 소속 상단의 배에 침입, 배에 실려 있던 홍차를 바다에 버렸다. 일명 '보스턴 차 사건(1773)'이 일어난 것이다. 결국 영국과 북아메리카 식민지 사이에 전쟁이 일어났다. 바로 1775년의 미국 독립전쟁이다.

이때 제임스 먼로는 대통령으로 추대된 조지 워싱턴의 휘하로 참전해 미국 독립을 위해 싸웠다. 한때 1776

년 12월 24일에 일어난 트레턴 전투로 부상을 입기도 했으나 그의 참전은 1779년까지 지속되었다. 이후 고향으로 돌아온 제임스 먼로는 윌리엄 앤드메리 대학교에서 법학을 전공한 뒤 버지니아 주의원을 거쳐서 상원의원이 되었다.

그리고 1793년에는 서른다섯 살의 나이로 프랑스 대사가 되기도 한다. 1803년에는 프랑스에 특파되어 나폴레옹에게서 루이지애나를 구입해 미국 영토를 확장시켰고, 런던에서는 T. 제퍼슨의 중립정책유지를 위해 노력했다. 1816년과 1820년 두 차례 대통령에 당선되었다.

대통령 재임 시 국내적으로는 지역 간의 화해를 위해 노력했으며, 국외적으로는 에스파냐로부터 플로리다를 구입하고 캐나다와의 국경을 확정지었다. 또 1823년 선포한 **먼로주의**를 미국 외교의 기본 정책으로 삼아 유럽 제국의 신대륙에 대한 간섭을 저지했다.

제임스 먼로의 친필

## 120

먼로주의
Monroe Doctrine

미국 5대 대통령 제임스 먼로에 의해 제창된 미국의 외교방침(1823.12.2).

제임스 먼로가 대통령 임기 7년째 되는 해에 의회 일 반교서 연설에서 처음으로 발표한 외교방침이다. 주 내 용은 유럽 열강에 의한 아메리카 대륙의 식민지화와 아 메리카 대륙 내 주권국가에 대한 간섭 등을 일체 거부하 며, 더불어 미국도 유럽에서 일어나는 전쟁에 대해 중립 적 위치를 고수한다는 것이었다.

제임스 먼로는 신생국인 미국이 직접적이든 간접적이 든 전쟁에 휘말려서는 안 된다고 생각했다. 따라서 아메 리카의 신세계와 유럽의 구세계를 완전히 분리 · 독립된 체제로 보고 '신세계는 또 다시 식민화되지 않을 것이 며, 유럽 강국이 이 지역을 억압하거나 지배하려 든다면 이는 미국에 직접적인 위협이 될 것'이라고 했다. 즉, 먼 로주의는 19세기 초반 유럽에 맞서는 적극적 · 공격적 선 언이었다.

그러나 발표 당시 먼로주의는 국제 사회에서 '어떤 구

속력이 없는 공허한 선언'이라는 평과 함께 대체로 무시
되었다. 이는 미국이 군사력에 있어서 유럽에 비해 열세
였기 때문이다. 그러나 아이러니하게도 영국에 의해 암
묵적으로 옹호되는데, 이는 프랑스, 네덜란드 등 유럽
열강들로부터 자국의 식민지를 보호하는 데 유용하다는
판단에서였다.

아메리카 신생국들에 대한 유럽 열강의 간섭을 저지하
는 것이 목표였던 먼로주의는 미국 외교정책 근간을 이
뤘다. 그러나 미국 제26대 대통령 시어도어 루스벨트에
이르러서는 라틴아메리카에 대한 유럽의 영향력이 확대
되는 것을 막는 동시에 미국의 영향권 내에 둘 목적으로
자행한 군사적 개입을 정당화하는 데 이용된다. 먼로주
의는 허버트 후버, **존 F. 케네디** 등 후대 미국 대통령들에
게도 영향을 끼쳤다.

먼로주의를 발표하고 있는 제임스 먼로

존 피츠제럴드 케네디

John Fitzgerald Kennedy

121

미국의 제35대 대통령(1917.5.29~1963.11.22).

미국 대통령 중에서 유일한 아일랜드계 혈통이자 로마 가톨릭 교회 신자였다. 때문에 기독교 근본주의자들의 반발을 샀다.

매사추세츠 주 아일랜드계 대부호의 차남으로 태어나 하버드 대학교에서 정치학을 공부했다. 일본군의 진주만 공습 후 해군에 자원입대, PT-109 고속 어뢰정의 해군 장교로 근무하던 중 배가 일본군에게 격침될 때 위협을 무릅쓰고 동료를 구해 전쟁영웅이 됐다.

스물아홉 살인 1946년 매사추세츠 주 하원의원으로 당선, 서른다섯 살인 1952년 상원의원에 당선되어 민주당 정치인으로 두각을 나타냈다. 그리고 1960년 **닉슨** 공화당 후보를 누르고 최연소 대통령 으로 당선되었다.

케네디는 국내적으로는 복

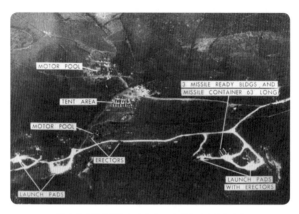

쿠바에 건설되었던 소련의 탄도 미사일 기지 위성사진

지국가의 건설과 흑인 공민권의 확대를, 국외적으로는 동서냉전 완화를 위해 노력했다. 그는 젊은 대통령으로서의 재기와 웅변가적 기질을 무기삼아 국민에게 호소하는 방법을 자주 사용한 것으로도 유명하다. 특히 텔레비전을 가장 유용하게 활용했는데, 오늘날 정치가들의 텔레비전 토론 등은 그에게서 시작되었다 해도 과언이 아니다.

한편 1959년 1월 쿠바에 카스트로에 의한 혁명정권이 수립되면서 쿠바 경제를 지배하고 있던 미국과의 관계가 악화되자 이에 미국은 해상봉쇄령을 발표해 쿠바의 수출입을 막았다. 그 결과 미·소 관계가 긴장되어 한때 핵전쟁 위기설이 나돌기도 했다. 이런 시기에 대통령

저격되기 직전 퍼레이드를 하고 있던 케네디 부부

이 된 케네디는 취임 석 달 만에 감행한 피그스 만 침공
이 실패함으로써 국제사회로부터 비판을 받았다.

1962년 10월에는 쿠바 미사일 위기에 맞서 쿠바에
건설하고 있던 소련의 미사일 기지를 철거할 것을 요구
했다. 결국 소련의 흐루시초프가 이 요구를 받아들이면
서 전쟁의 위기에서 벗어난다. 이로써 미국과 소련은 부
분적인 핵실험 금지조약(PTBT)에 조인하고, 지하 실험
을 제외한 모든 핵실험을 금지했다. 그러나 저격되기 전
까지 베트남에 1만6천 명의 군대를 파견해 전쟁 반대를
외치는 이들에게 비난을 받기도 한다.

1963년 11월 22일 대선 유세를 위해 텍사스 주 댈러
스에서 자동차 퍼레이드를 하던 중 리 하비 오스왈드Lee

Harvey Oswald의 총에 사망한다. 범인으로 지목된 오스왈
드는 사건 이틀 뒤 경찰에게 잡혔고, 경찰 조사와 기자
회견을 마친 후 댈러스 경찰서를 나서는 순간 연방수사
국 FBI의 정보원인 잭 루비에게 살해되었다. 그리고 잭
루비 역시 67년 암으로 석연찮은 죽음을 맞았다.

베트남전에 투입된 미국 병사들

링컨과 케네디는 같은 삶을 살았다?

미국의 16대 대통령 에이브러햄 링컨(Abraham Lincoln, 1809.2.12~1865.4.15)은 남북전쟁이라는 국가적 위기에서 전쟁을 승리로 이끌어 노예제를 폐지하고 연방을 보존한 뛰어난 대통령이다. 그런데 그의 삶이 미국의 35대 대통령 존 F. 케네디의 삶과 묘하게도 닮아 있다는 주장이 있어 관심을 끌고 있다. 두 사람에게서 찾아지는 공통점을 정리하면 다음과 같다.

	링컨	케네디
하원의원으로 당선된 해	1846년	1946년
대통령으로 당선된 해	1860년	1960년
후임 대통령이 존슨이라는 점	앤드루 존슨 Andrew Johnson	린든 B. 존슨 Lyndon Baines Johnson
후임 대통령들 탄생년도 차이가 100년이라는 점	1808년	1908년
흑인들을 위해 애를 썼던 점	노예 해방	인권 운동
죽음에 포드가 관련되어 있다는 점	저격 당시 포드 극장에 있었음.	저격 당시 포드 자동차를 타고 있었음.
초상이 동전에 사용된다는 점	1센트	50센트

307

이 외에도 머리에 총을 맞고 사망했다는 점, 저격범이 재판 없이 의문사했다는 점, 백악관에서 자식을 잃었다는 점 등 많은 공통점이 존재한다.

한편 19세기 미국 정부에 대항해 무력 저항을 했던 인디언 추장 테쿰세 Tippecanoe가 죽으면서 '20년에 한 번씩 0으로 끝나는 해에 당선된 대통령이 임기 중 목숨을 잃을 것'이라는 저주를 내렸는데 우연인지 운명인지 1840년에 당선된 제9대 대통령 윌리엄 헨리 해리슨이 폐렴으로 죽은 것을 필두로 1860년에 당선된 16대 링컨, 1880년에 당선된 20대 제임스 A. 가필드, 1900년에 재선된 25대 윌리엄 매킨리, 1920년에 당선된 29대 워런 G. 하딩, 1940년에 재선된 32대 프랭클린 D. 루스벨트, 그리고 1960년에 당선된 35대 존 F. 케네디까지 모두 갑작스런 병 또는 암살로 임기 중에 목숨을 잃었다. 단, 1980년에 당선된 40대 로널드 W. 레이건은 임기 중에 총에 맞지만 다행히 병원이 가까워 목숨을 건졌다.

링컨(1센트)과 케네디(50센트)를 모델로 한 미국 동전

리처드 밀하우스 닉슨

Richard Milhous Nixon

122

미국의 제37대 대통령(1913.1.9~1994.4.22).

1913년 캘리포니아 주 요버린더에서 태어났다. 가정 형편 때문에 입학 허가를 받은 하버드를 포기하고 휘티어 대학교와 듀크 대학교에서 법률을 전공, 1937년 개인법률사무소를 개설했다. 제2차 세계대전 때는 해군 소령으로 참전했고, 종전 후인 1946년에 공화당 후보로 캘리포니아 연방의회 하원의원에 당선되면서 정계에 진출한다. 1950년에는 상원의원에 당선, 1952년 아이젠하워의 러닝메이트로 부통령에 당선, 1956년 재선되었다. 1960년 공화당 후보로 대통령 선거에 출마하였으나 박빙의 승부 끝에 젊은 민주당 후보 케네디에게 패하고 2년 뒤 캘리포니아 주지사 선거에서도 패하면서 한때 정계에서 물러나기도 했다. 그 후 다시 정계에 복귀해 1968년 마침내 허버트 험프

리를 누르고 대통령에 당선되었다.

그러나 4년 뒤 재선에 성공했으나 '워터게이트 사건'
이 터지면서 위기를 맞았다. 결국 탄핵이 확실시되던 중
사임함으로써 미국 역사상 임기 중 사임하는 첫 번째이
자 유일한 대통령으로 이름을 남기게 되었다.

닉슨을 물러나게 한 '워터게이트 사건Watergate Case'은
당시 민주당 선거운동 지휘 본부였던 워터게이트 호텔
에서 도청장치가 발견되면서 수면 위로 떠올랐다. 당초
닉슨과 백악관은 도청 사건과 백악관과의 관계를 부인
했다. 그러나 진상 규명이 이루어짐에 따라 대통령 보좌
관 등이 관계하고 있었음이 밝혀졌고, 더불어 수사 과정
에서 닉슨이 직접 은밀하게 수사를 방해했다는 것, 그리

사건의 발단이 된 워터게이트 호텔

워터게이트 사건으로 사임 연설을 하고 있는 닉슨

고 재선 과정에서 닉슨 행정부의 선거 방해, 정치 헌금
의 부정·수뢰·탈세 등이 드러나면서 국민의 불신을 샀
다. 이에 1974년 8월 하원 사법위원회가 대통령탄핵결
의를 가결하자 닉슨은 탄핵안이 집행되기 전에 대통령
직을 사임했다. 그러나 후임으로 결정된 닉슨의 러닝메
이트 제럴드 포드가 그를 특별사면시켜 줌으로써 닉슨
에게 면죄부를 주었다. 한편 제럴드 포드는 닉슨에 대한
국민적 불만이 고조된 상태에서 그를 사면 시켜주었기
때문에 결국 재선에 실패한다.

정치적 스캔들로 사임한 대통령이라는 오점을 남기긴
했지만 닉슨은 외교적으로는 상당한 성과를 올린 대통
령이기도 하다. 이전의 냉전을 극복하고 소련과 우호적

인 관계를 맺기 시작했으며, 미국 대통령으로는 처음으로 중국을 방문해 미국과 중국의 수교에 한 발 다가가는 성과를 얻었다. 또한 1969년 '**닉슨 독트린**'이라는 외교정책을 발표해 베트남전에서 미국이 철수할 수 있는 구실을 마련했다.

한때 철저한 반공주의자로 이름을 날리기도 했으나 국제정세에 혜안을 발휘, 냉전의 시대에서 대화의 시대로 가는 길을 열어놓은 뛰어난 외교관이었던 것이다.

사임 후 백악관을 떠나고 있는 닉슨
1974년 8월 9일자 영국 〈데일러 미러〉 신문 내용

123 닉슨 독트린
Nixon Doctrine

미국 대통령 닉슨이 괌에서 발표한 대아시아 외교정책(1969.7.25).

괌에서 발표했다고 해서 괌 독트린Guam Doctrine이라고도 한다. 국회의 인준을 거쳐 세계에 선포한 것은 다음 해인 1970년 2월이었다.

닉슨 독트린은 1969년 1월 새롭게 백악관의 주인이 된 닉슨 행정부가 **베트남전쟁**에 대한 국내외 여론을 감안, 국내적 합의 기반 마련을 위해 구상되었다. '아시아의 문제는 아시아 스스로 책임져야 한다'는 것을 골자로 한 이 정책은 제2차 세계대전 이후 태평양 전쟁, 한국전쟁, 베트남전쟁 등으로 많은 국력을 소모한 것에 대한 미국 스스로의 반성에서 비롯되었다. 그 외에도 유럽과 아시아의 공산화를 막아야 한다는 책임감의 하락, 미국 내의 반전운동의 확산, 국제정세의 화해모드 등이 복합적으로 작용했다. 이런 내외적 요인의 영향을 받아 이전의 적극적 대응에서 탈피, 소극적이고 보조적인 역할을 수행하는 것으로 방향을 전환한 것이 바로 닉슨 독트린이다.

닉슨 독트린의 주요 원칙은 다음과 같다.

1. 아시아 국가들과의 조약상 약속을 수행하되 핵 위협이 없는 내란 및 침입에 대해서는 아시아 국가 스스로 협력해 대처해야 한다.
2. 직접적이든 간접적이든 군사적·정치적 개입은 가급적 피한다.
3. 아시아에 대한 원조는 경제 중심으로 바꾸되 미국의 과중한 부담은 피한다.
4. 5년에서 10년 내에 아시아 국가들끼리 상호안전보장을 위한 군사기구를 만든다.

이로써 미국은 케네디가 미군을 베트남에 보낸 이후로 내내 정치적 아킬레스건이 되어왔던 베트남 참전 문제를 해결하는 발판을 마련했다. 이는 '베트남전의 베트남화Vietnamization of the Vietnam War'를 통해 구체화시켰다.

미국은 발 빠르게 동아시아 각국에 주둔하고 있던 미군의 규모를 축소시키는 동시에 아시아 각국에 자국의 국방력 증대를 요구했다. 대한민국도 예외는 아니었다. 결국 미국은 주한미군의 감축을 추진하는 동시에 대한민국 정부에 국방력 증대를 요구했다.

124 베트남전쟁
Vietnam War

    베트남의 독립전쟁으로 시작해 이념 대결로 진행된 전쟁.

    태평양 전쟁의 종식과 함께 베트남의 독립을 위해 북베트남이 프랑스와 했던 제1차 전쟁(1946~1954)과 공산주의를 표방한 베트남 민주공화국(북베트남)과 민족해방전선(베트콩)이 연합해 베트남공화국(남베트남)과 벌인 제2차 전쟁(1960~1975)으로 구분된다. 특히 제2차 전쟁은 월남전쟁, 또는 전쟁이 라오스, 캄보디아 등 주변국으로까지 확대되었다 해서 인도차이나전쟁으로도 불리고 있다. 일반적으로 베트남전쟁은 바로 제2차 전쟁을 가리킨다.

    제2차 베트남전쟁은 남베트남 민족해방전선의 세력 확대를 우려한 미국이 직·간접적으로 개입하면서 시작되었다. 베트남전쟁은 미국과 한국 등이 남베트남을, 중국과 북한 등이 북베트남을 각각 지원하면서 국제전 양상을 띠었다.

    닉슨 독트린으로 철수 근거를 마련한 미국이 휴전협정을 맺고 베트남에서 철수한 직후 북베트남군이 사이

부상당한 병사를 후송하고 있는 미군

공을 점령하면서 사실상 종료된 이 전쟁으로 남베트남 민간인 150만 명, 라오스 민간인 5만 명, 캄보디아 민간인 70만 명이 희생된 것으로 추정된다. 미군 역시 6만 명이 전사했다.

베트남전쟁이 시작된 데는 결정적으로 통킹 만 사건이 있었다. 통킹 만 사건Gulf of Tonkin Incident은 베트남을 정치적으로 압박하기 위해 베트남 주변 통킹 만에 정박해 있었던 미 해군 어뢰정을 북베트남 해군 소속 어뢰정 3척이 공격한 사건이다. 1964년 8월 2일의 일이었다. 교전의 결과는 선제공격한 북베트남의 패배였다. 북베트남 소속 어뢰정은 심각한 타격을 입은 채 네 명의 사망자와 여섯 명의 부상자를 싣고 퇴각하고 만다. 이 사

건은 미군이 공식적으로
베트남에 상륙할 수 있
는 근거로 이용했다. 전
쟁은 북베트남이 군사적
으로 미군에 맞대응하면
서 본격적으로 시작되었
다. 그러나 훗날 밝혀진
바에 의하면 통킹 만 사
건은 베트남 내정에 간
섭하기 위해 미국이 벌
인 조작극이었다. 당시에

베트콩에게 베트남전쟁은 미국으로부터
자국을 지키기 위한 민족전쟁이었다.
따라서 여성, 어린이, 노인 할 것 없이
총을 들고 미군에 대항했다.

도 베트남전쟁은 북베트남의 선제공격에 대한 대응이라
는 탈을 쓴 실질적 내정간섭이었기 때문에 정당성이 빈
약했다. 때문에 국제사회는 대부분 미국을 비난하거나
외면했다. 결국 미국 측에 협조해 전쟁에 참여한 나라는
대한민국, 대만, 필리핀, 오스트레일리아, 태국, 뉴질랜
드뿐이었다. 물론 자국의 이익을 위한 참전이었다.

　그러나 전쟁이 10년 이상 지속되자 미국은 경제적 타
격과 함께 국내외적으로 반전여론에 시달리기 시작한
다. 이에 미국은 '닉슨 독트린'을 발표해 철수의 근거를
마련한 후 1973년 1월 27일 프랑스 파리에서 포로 교
환과 함께 북베트남에 40억 달러의 원조를 제공한다는

미군과 베트콩 사이의 시가전 후 사이공 거리

조건으로 남베트남, 북베트남, 해방전선과의 휴전협정
을 성공시킨다. 그러나 미군이 철수하자 북베트남과 해
방전선은 1975년 3월 10일 휴전협정을 파기하고 남베
트남을 공격했고, 4월 30일 미국 대사관의 대규모 헬리
콥터 철수작전이 종료된 직후 수도 사이공을 함락시켰
다. 이후 남베트남의 결사항전에도 불구하고 1976년 북
베트남과 남베트남의 합의에 따른 베트남사회주의공화
국이 탄생했다. 이 전쟁의 결과 주변국인 캄보디아와 라
오스도 공산화되었다.

한편 대한민국은 1964년 9월 11일, 1차 파병을 시작으
로 1966년까지 4차에 걸쳐 파병했다. 참전 8년간 총 31

미군은 베트콩의 근거지를 없앤다는 명목으로 민간인의 집에 불을 질렀다.

만여 명이 파병되었고, 5천여 명의 사망자와 1만1천여 명의 부상자가 발생했다. 참전의 대가로 미국으로부터 대한민국이 얻은 것은 경제원조자금이었다. 그리고 이 돈으로 경부고속도로가 건설되었다. 또한 일본이 **한국전쟁**으로 경제적 이익을 본 것과 마찬가지로 대한민국 역시 베트남전쟁으로 일부 경제적 효과를 얻기도 했다.

제2차 베트남전쟁은 동남아시아의 정치 판도를 바꾼 전쟁이자 제2차 세계대전을 통해 개발된 최신 무기와 생화학무기의 실험장이었다. 한편 고향을 떠나 바다를 떠돌게 된 남베트남 출신 난민, 즉 보트피플에 대한 문제가 세계적으로 대두되면서 국제인도법이 크게 발전했다.

한국전쟁
Korean War(韓國戰爭)

　　조선민주주의인민공화국이 한반도의 38도선을 넘어 남하하면서 시작된 전쟁(1950~1953).

　　38선을 넘은 인민군은 개성 방어선에 이어 동두천, 포천, 의정부를 차례로 점령, 28일에는 서울까지 진입했다. 결국 대한민국 정부는 인민군의 남하를 저지한다는 목적으로 피난민을 강북에 남겨둔 채 한강다리를 폭파시켰고, 7월 14일에는 미군에게 군 지휘권을 넘긴 후 대전, 대구를 거쳐 부산으로 피난했다. 1950년 9월 15일 인천상륙작전과 10월 19일 평양 함락으로 한때 곧 전쟁

이 끝날 것이라는 희망을 품기도 했으나 중국군의 개입으로 전세가 역전, 이후 전선은 고착상태에 빠지게 된다. 결국 1953년 7월 27일 휴전협정이 맺어지면서 남과 북은 둘로 나뉘어 휴전 상태로 돌입한다.

**끊어진 철교에 간신히 매달려
남쪽으로 향하고 있는 피난민들**

분단은 1945년 광복 이후 무정부 상태의 한반도에 북위 38도선을 경계로 남과 북에 미국과 소련이 각각 분할 진주하면서 시작되었다. 먼저 북한에 진주한 소련 군정당국은 남측과의 왕래와 통신연락을 단절시키고 정치적 경계선으로 만든 후 공산화통일이 보장되지 않는 통일정부수립을 거부했다. 이는 미국으로서는 타협이 불가능한 문제였다. 결국 미국은 1947년 신탁통치를 전제로 한 단일정부의 수립이라는 종래의 정책을 포기하고, 분단 상태의 한반도 내에서 소련과 힘의 균형을 이루기 위한 방법을 모색한다.

미국은 국제연합의 결의를 통해 1948년 5월 10일 38선 이남 지역에서만의 자유 총선거를 실시하게 한다. 이로써 남한만의 제헌국회가 구성되었고, 1948년 8월 15일 대한민국 정부가 수립되었다. 이에 맞서 38선 이북 지역을 장악한 김일성은 소련의 비호 아래 1948년 9월 9일 자체 선거를 실시, '조선민주주의인민공화국'을 수립·선포했다. 이는 한반도에 사실상 두 개의 국가가 성립되었다는 것과 한반도에서 전쟁이 일어날 수도 있는 조건이 마련되었다는 것을 의미한다.

한국전쟁은 위와 같은 상황에 무력행사를 통해 한반도 분단을 극복하려는 김일성의 의지와 군사고문단을 제외한 미군의 철수, 그리고 1950년 1월 12일 미국 국무장관

애치슨이 발표한 애치슨 라인Acheson lined이 원인으로 작용해 발발했다. 애치슨 라인이란 서태평양 방위선을 한반도에서 후퇴하여 알류샨 열도, 일본, 오키나와, 필리핀을 연결하는 선으로 한다는 것으로 이는 한반도에 대한 미국의 군사 개입이 적어졌다는 것을 의미한다.

이런 상황에서 북한은 무기를 확보하는 한편 도로 확장 등 군사적 채비를 완료해나갔지만, 남한은 국제정세에 둔감해 대비는 고사하고 발발 전날 병사들에게 휴가를 허락하는 등의 허술한 대응을 보였다. 전쟁 발발 당시 북한의 지상군이 13만5천여 명인 데 반해 남한의 정규군은 그 절반인 6만5천여 명이었다. 또 북한은 소련제 탱크 242대, 전투기와 폭격기 200여 대 외에도 야포와 박격포로 무장하고 있었던 반면 남한은 낡은 장갑차

1950년 원산 앞바다의 미군 함대

철원에서 사살된 중공군을 확인하고 있는 미군

1대와 연락기 몇 대가 전부였다.

　미국의 도움으로 대통령이 된 친미 성향의 **이승만**은 곧바로 극동사령관 맥아더 장군에게 도움을 청한 후 대전으로 피신, 대전에서 사흘을 머문 뒤 이리와 목포를 거쳐 부산으로 갔다. 그리고 다시 대구로 옮긴다. 7월 9일의 일이었다.

　한편 파병 요청을 받은 미국은 유엔안전보장이사회에서 북한군의 철수 요청을 통과시켰다. 그로 인해 미국, 영국, 프랑스, 콜롬비아, 터키 등 16개국 군대로 구성된 유엔군이 참전하게 된다.

　유엔군은 부산에 상륙한 후 오산과 대전 전투에서 잇따라 패배했다. 이에 총사령관을 앞세워 인천 월미도에 상륙, 작전에 성공하며 전세를 뒤집었다. 이 작전의 성공으로 기세가 오른 유엔군과 국군은 9월 28일 서울을 수복하고 그대로 38선을 돌파, 10월 10일 원산, 10월 19일 평양, 10월 26일 중국과의 접경 지역 부근까지 점령했다. 그러나 김일성의 요청으로 중화인민공화국의 인민지원군(중공군)이 전쟁에 개입하면서 국군과 유엔군은 12월 4일 평양에서 철수했고, 다음 해 1월 4일에는 다시 서울까지 후퇴하고 만다. 이후 북쪽과 남쪽은 38선 부근에서 일진일퇴를 거듭하며 양자 간에 인명 피해만 늘리게 된다. 그러는 사이 한반도 내 정부들의 의견과는 상관없이 남북 양편에 국경이 설치되는 제한전쟁이 결의(1951.7)되면서 군사분계선이 타결되고, 이어서 1952년 5월 휴전안이 결의된다. 이는 전쟁이 장기화되는 것을 우려한 미국과 중국, 소련의 뜻에 따른 것으로 1953년 3월 5일 스탈린의 사망으로 더욱 가속화되었다. 결국 1953년 7월 27일 판문점에서 휴전협정이 조인되었고, 이로써 3년 1개월에 걸친 한국전쟁은 막을 내렸다.

한국전쟁은 광복과 함께 희망으로 가득 찼던 한반도를 다시 쑥대밭으로 만들었다. 국토 전체가 폐허가 되었고, 한민족 250만 명이 사망했으며, 산업시설, 공공시설, 교통시설 등의 80퍼센트, 정부 건물의 4분의 3, 민간가옥의 50퍼센트가 파괴되었다. 미군 측 사망자도 5

만4천 명에 달했다.

한국전쟁은 남과 북으로 갈라져 있던 한반도에서 김일성 정권의 공산주의 통일의지와 이승만 정권의 북진통일의지의 충돌로 야기된 남과 북 대립의 결과이기도 하지만, 좀 더 면밀히 살펴보면 공산주의와 자유주의로 대표되는 소련과 미국이 동북아시아에 있어서의 세력 확보라는 공통적 요구를 해결하기 위해 벌인 이념전쟁이었다. 냉전시대의 첫 국제전이었던 것이다.

한국전쟁으로 10만여 명이 넘는 아이들이 전쟁고아가 되었다.

이승만
李承晚

교육가, 언론인, 종교인, 정치인(1875.4.18~1965.7.19).

황해남도 평산에서 출생했다. 세 살 때 부모와 함께 서울로 이주해 한학을 하다가 배재학당에 들어가 신학문을 배웠다. 명성황후明成皇后 시해에 대한 복수 사건에 연루되었으나 미국인 여의사의 도움으로 위기를 모면하고, 이후 개화사상에 뜻을 같이하는 서재필徐載弼과 함께 **독립협회**獨立協會의 간부로 활동하다가 1898년 정부 전복을 획책했다는 혐의로 7년 동안 투옥되었다. 민영환의 주선으로 석방 된 그해 겨울 대한제국의 밀사 자격으로 미국에 건너가 미국 정부에 일본의 한국침략저지를 호소했으나 실효를 거두지 못했다. 하지만 그는 돌아오지도 않았다. 대신 미국에 머물면서 조지 워싱턴 대학교, 하버드 대학교, 프린스턴 대학교 등에서 학위를 받는 데 열중했다.

한일합방 후에 귀국해 조선기독교청년회연합회(YMCA) 중심으로 활동하기도 하지만 이로 인해 체포되자 미국인 선교사의 도움을 얻어 석방된 후 다시 미국으로 건너

이승만이 나중에 귀국한 김구에게 미군정 사령관 하지를 소개하고 있다.

간다. 1914년 박용만의 초청으로 하와이로 간 이승만은
〈한국태평양〉이라는 잡지를 창간하고 독립을 위해서는
서구 열강, 특히 미국의 지지를 얻어야 한다는 주장을
편다. 그러나 주도권 싸움을 벌여 국민회國民會를 분열시
킨 후 무장투쟁론을 주장하던 박용만 등과 대립했다.

1919년 3·1운동 후에는 미국에 있으면서도 국내에
조직된 한성임시정부의 최고 책임자인 집정관총재를 맡
았다. 이 영향으로 상해임시정부의 국무총리로까지 추
대된다. 그러자 이승만은 미국 워싱턴에 구미위원부歐美
委員部라는 것을 설치해서 대통령으로 행세하기 시작했
다. 게다가 하와이와 워싱턴 등지의 재미교포사회를 자
신을 따르는 우남파雩南派와 안창호를 따르는 도산파島山
派로 나눔으로써 해외에서의 독립운동노선에 분열을 조
장했다.

1945년 광복이 되자 그해 10월 귀국과 함께 좌익 세력과 대결하여 미국의 신임을 얻고 이를 바탕으로 1946년 6월 남한만의 단독정부 수립 계획을 발표, 미국 정부에 도움을 얻어 1948년 대통령 중심제 헌법을 제정·공포했다. 그리고 스스로 후보에 나서 대한민국 초대 대통령이 되었다. 이어서 좌익과 민족주의계 인사들을 제거함으로써 1인 독재의 발판을 닦아놓는다.

한국전쟁이 발발했을 때 황급히 서울을 버린 탓에 두 번째 선거에 분리해지자 자유당을 창당하고 계엄령을 선포, 대통령 직선제로 개정하고 또다시 대통령이 되었다. 철저한 반공주의자로서 휴전에 반대했으나 미국의 압력으로 휴전 직전 대대적으로 반공포로를 석방해 세계의 이목을 집중시키는 쇼를 벌이기도 했다.

휴전 후 첫 실시된 대통령 선거에서도 변칙적인 개헌을 통해 3선에 성공, 1958년 12월에는 차기 대통령 선거에 대비하여 국가보안법 등 관계법령을 개정하는 등 권력에 집착을 보인다. 이런 집착은 1960년 3월 15일 실시된 선거를 통해 전국적·조직적인 부정선거로 이어졌다. 결국 4선에 성공했음에도 불구하고 4·19 혁명의 근거를 마련해줌으로써 대통령직에서 사임하고 하와이로 망명해버린다. 그때 그의 나이 여든다섯 살이었다.

한반도의 자주독립을 끊임없이 주장했던 독립투사이

기도 하지만 독립운동조직 내에 이념 분쟁을 일으켜 분열을 초래한 점, 상해임시정부에서 활동해 온 독립투사들을 대한민국 새 정부에서 배제시킨 점, 친일 인사들을 처단하지 않고 오히려 정부 요직에 앉힌 점, 극단적인 반공정책으로 한반도 남쪽에 혼란을 가중시켰을 뿐만 아니라 오늘

1960년 3 · 15 부정선거에 분노한 시민들이 거리로 몰려 나왔다.

날까지도 이어지는 색깔논쟁을 부각시킨 점, 변칙적 개헌으로 장기집권을 획책한 점 들로 인해 독립투사 출신의 대한민국 정부 초대 대통령이라는 이력에 치명적 오점을 남겼다.

사임 후 망명길에 오르는 이승만
1960년 5월 29일 〈경향신문〉

127 독립협회

獨立協會

조선 말기에 조직되었던 사회정치단체(1896.7~1989.8.12).

1884년 갑신정변 실패 후 일본을 거쳐 미국에 망명해 있던 서재필徐載弼이 사면 소식을 듣고 귀국하면서 만들어졌다. 미국에서 배운 자유주의와 민주주의적 개혁사상으로 무장한 그는 민중이 주체가 되어 조국을 자주독립의 완전한 국가로 만들기 위해서는 정치적 단체가 필요하다고 판단했다. 이에 윤치호, 이상재, 남궁 억 등과 함께 〈독립신문〉, 〈독립협회회보〉, 〈황성신문〉을 창간하고, 토론회와 강연회 등을 열어 광범위한 사회세력을 계몽하고 포용, 그들의 지지를 바탕으로 독립협회를 민중단체로 발전시켜 나갔다.

독립협회를 창설한 서재필

독립협회의 사상은 자주국권, 자유민권, 자강개혁으로 요약될 수 있다. 즉, 독립협회는 외세의 침탈로부터 국권의 상실을 막고 자주 독립의 주권국가를 수립하려 했고, 국민의 단합된 힘으로

서재필의 발의와 고종의 동의로
건설된 독립문

한반도 최초의 한글 신문 〈독립신문〉
독립협회 주관으로 발행되었다.

자주국권을 수호하여 근대적 국민국가를 수립하고자 했
으며, 정치·경제·사회·문화·군사 등 국가 사회의 전 분
야에 걸친 체제 변혁을 통해 근대국가체제의 형성을 추
구했다. 특히 치안 유지에 급급하던 당시 군대를 대외
국토방위에 주력하는 근대적 국민군대체제로 개편할 것
을 요구했는데, 이는 제국주의의 침략 야욕이 극대화된
19세기 말의 국제정세를 반영한 것이라 하겠다.

독립협회는 이러한 목적을 구체적으로 실현하기 위한
방안으로 다음 여덟 가지의 운동을 벌여나간다.

1. 민중계몽운동

독립문, 독립공원을 만들어 사회 각계각층에 커다란

공감을 불러일으켰고, 민중에게 자주정신과 민족의식을 일깨웠다.

2. 국권수호운동

아관파천 후 노골화된 러시아의 내정간섭으로부터 벗어나 자주 권리를 되찾자는 취지에서 시작했다. 정부에 지속적인 건의와 함께 민중 집회 개최, 마침내 러시아의 군사교련단과 재정고문관을 철수시킨다.

3. 국토수호운동

러시아 공사의 석탄 창고 설치를 목적으로 하는 부산의 '절영도 조차' 요구 및 군사기지 설치를 목적으로 한 목포·증남포 해안 매입 건 등을 만민공동회 등 민중집회로 백지화시키고, 외국 조계지의 각국 상인들에 의한 영토 매입을 시정하는 요구를 지속적으로 벌였다.

4. 이권수호운동

1894년 이래로 열강에 양도한 이권의 내역을 조사하고 '열강의 이권 침탈은 자주독립의 침해이고 경제적인 수탈'이므로 이를 즉각 중지시킬 것을 결의했다. 이권 양도에 관련된 전 회장 이완용을 독립협회에서 제명 처분하는 등 열강의 이권 침탈을 완강히 저지했다.

5. 인권보장운동

재산권의 자유는 인간의 가장 기본적인 권리라 인식하고 1898년 3월부터 부당한 체포 및 재판을 근절시켜야 한다는 인권보장운동을 전개했다. 또한 갑오개혁 때 폐지된 노륙법^{孥戮法}과 연좌법^{連坐法}의 부활을 획책한 보수파에 투쟁으로 맞서 악법의 부활을 저지시켰다.

6. 개혁내각수립운동

보수파 대신들의 부정·부패·무능을 규탄하고 내각 7대신의 탄핵운동을 벌여 박정양 중심의 개혁파 내각을 꾸렸다.

7. 국민참정운동

의회 설립의 필요성을 역설, 중추원의 의회식 개편을 구체화시켰고, 개혁 내각 구성 후에는 국민 참정을 목표로 활동했다. 결국 1898년 11월 4일 관선 25명, 민선 25명으로 구성한 근대의회의 성격을 지닌 '중추원관제'가 반포된다. 이로써 의회 설립에 의한 국민참정권이 우리 역사상 처음으로 공인되었다. 이는 대한제국이 절대군주제에서 헌법과 의회에 의해 움직이는 **입헌군주제**로 전환되어가고 있었다는 의미였다.

8. 정치개혁투쟁

1898년 11월 보수 세력들의 모략으로 체포된 독립협회 간부를 구출하고 정치개혁을 요구하는 만민공동회 주도의 집회를 개최했다.

이러한 일련의 운동은 고종을 비롯한 보수 기득권 세력에게 반체제운동으로 받아들여졌고, 결국 많은 성과에도 불구하고 독립협회는 정부에 의해 무력으로 진압당함으로써 사실상 활동이 중단되고 말았다. 그러나 독립협회는 서구 열강들의 틈바구니에서 꿈틀댔던 민족주의·민주주의·근대화운동의 시발점이었다. 또한 독립협회는 일제 식민치하에서 전개되었던 항일독립운동의 근간이 되었다.

독립협회가 주관한 강연회에 모인 사람들

입헌군주제

Constitutional Monarchy(立憲君主制)

헌법 체계 아래서 세습되거나 선임된 군주를 인정하는 정부 형태.

군주국가 가운데 군주가 헌법과 의회에 의해 그 정치권력에 제약을 받는 정치체제를 말한다. 따라서 입헌군주제 국가에는 국민이 선거를 통해 뽑은 의회가 독립적 국가기관으로 존재한다. 따라서 군주는 의회의 의결이 없이는 헌법 개정이나 법률 제정과 같은 중요한 국무의 처리를 할 수 없다.

일반적으로 절대군주제에서 시민혁명을 통해 입헌군주제로 바뀌는 수순을 밟았다. 대표적인 나라가 영국이다. 물론 예외도 있다. 에스파냐의 경우 공화제가 도입되면서 왕족 모두가 망명했으나 프랑코 정권의 말기 독재자 프랑코에 의해 후계자로 지명된 돈 후안 카를로스가 프랑코 사후 독재정권을 유지할 것이라는 세계 각국의 예상을 깨고 헌법을 개정해 의회를 부활시킨 후 왕위에 올라 입헌군주제를 실현시켰다.

오늘날의 입헌군주제는 보통 권력 분립을 원칙으로

에스파냐를 36년 동안 통치했던
독재자 프란시스코 프랑코

한다. 또 군주가 상징적 국가
원수로서 존경의 대상이기는
하지만 실질적으로 나라를 통
치하는 것은 선거를 통해 선출
된 총리다. 즉, 오늘날의 입헌
군주국은 대의민주주의 제도
에 기초한 국민주권 국가인 것
이다.

　대의민주주의란 국민이 대표자를 통해 주권을 행사하
는 것으로서 민주주의와는 국민이 정치에 참여해 주권
을 행사한다는 점에서는 같지만, 직접 의사를 형성하는
대신 대표자로 하여금 간접적으로 의사결정 과정에 참
여한다는 점에서는 다르다. 본래 민주주의는 고대 그리
스의 아테네에서 기원한다. 그러나 인구가 많아지고 영
토도 넓어짐에 따라 직접투표가 사실상 불가능하게 되
었고, 그 결과 의사 결정권을 대리할 대표자를 뽑는 대
의민주주의가 등장하게 되었다. 대의민주주의 기원은
명확하지 않다. 그러나 13세기를 전후로 영국에 대표
기구가 있었던 것으로 미루어 그 이전에 이미 존재하고
있었던 것으로 보인다. 이후 **르네상스**와 계몽주의의 영
향으로 권력이 국민으로부터 나와야 한다는 이론을 등
에 업은 시민 주도의 혁명이 성공함으로써 유럽 사회에

네덜란드의 암스테르담 왕궁

자리를 잡게 되었다. 오늘날 대부분의 국가들이 이 제도를 채택하고 있다. 그러나 대통령 선출이나 국가적으로 중요한 사안에 대해 직접민주주의를 탄력적으로 실시하기도 한다.

오늘날 입헌군주제를 채택하고 있는 나라는 과거 절대왕정이 있었던 나라들로 아시아에는 부탄, 요르단, 일본, 캄보디아가 있고 아프리카에는 모로코, 유럽에는 네덜란드, 노르웨이, 덴마크, 룩셈부르크, 리히텐슈타인, 모나코, 벨기에, 스웨덴, 스페인, 안도라, 영국 등이 있다. 물론 오늘날까지도 절대군주제를 유지하고 있는 나라도 있다. 바레인, 브루나이, 카타르, 쿠웨이트, 오만, 사우디아라비아, 아랍에미리트 들인데, 이는 신분제도를 기반으로 하는 종교적 특성상 시민혁명이 쉽지 않았다는 데에서 그 이유를 찾을 수 있다.

　한편 과거 조선과 대한제국 시절 절대군주제를 택하고 있었던 한반도도 19세기 말 독립협회에 의해 의회가 만들어지고 참정권 일부가 백성들에게 돌아가면서 입헌군주제로의 가능성을 보였다. 그러나 일본제국의 강압적인 한일합방과 함께 식민지로 전락함에 따라 시민에 의해 자연스럽게 입헌군주제로 이동할 수 있는 기회를 박탈당했다.

현 영국 군주 엘리자베스 2세 가족이 살고 있는 영국의 버킹엄 궁전

르네상스
Renaissance

129

14세기부터 16세기 사이에 일어난 유럽의 문예부흥 운동.

중세와 근대를 잇는 교두보 역할을 했다. 본래 르네상스란 말의 뜻은 '재탄생'이다. 여기에는 고대 그리스와 로마 문명이 낳은 고전 텍스트의 재발견이라는 의미와 중세를 거치면서 암울해진 유럽 문화에 생기를 부여한다는 의미가 있다. 일반적으로 후자의 의미로 사용하고 있다. 르네상스의 시작은 불분명하지만 문화, 예술 전반에 걸쳐 진행되었다.

전통적인 관점에서 보면 르네상스는 15세기 이탈리아 르네상스가 중심이 되어 전 유럽으로 확산되었다. 이 시기 이탈리아는 아랍 지역의 지식을 흡수하면서 경험적이고 현세 지향적인 태도를 가지게 되었으며, 인쇄술의 발달로 지식 확산의 토양을 확보하고 있었다. 그런 배경 아래 이탈리아는 예술에서 새로운 기법과 실험을 시도하는 한편 다방면에 걸쳐 변화를 시도함으로써 문화 전반에 걸쳐 일대 발전을 꾀할 수 있었다.

한편 마르크스주의 역사가들은 르네상스를 미술, 문학, 철학 분야에 일어난 유사혁명으로 취급한다. 이는 르네상스가 일부 부유층에 한한 변혁이었다는 데 근거를 두고 있다. 그도 그럴 것이 지주에 의한 착취, 종교전쟁, 마녀사냥 등으로 대중은 사회적·종교적으로 여전히 고통 받고 있었기 때문이다. 때문에 오늘날의 많은 학자들은 중세의 암흑기를 끝낸 황금시대가 아니라 일부 지배계층 내에 지적·이념적 변화가 있었던 시기로 르네상스를 보고 있다.

그러나 르네상스가 이탈리아에서 시작되었다는 것에는 이견이 없는 듯하다. 이탈리아는 지리적 이점을 이용해 이슬람 세계 및 비잔틴 세계와 서유럽의 가교 역할을 해왔는데, 십자군 전쟁을 거치면서 점차 도시들이 자치 도시의 성격을 띠게 되었다. 여기에 13세기 말 경제 성장을 바탕으로 특유의 시민문화가 형성되면서 과거 로마의 정치와 문화에 관심을 가지게 되었고, 결국 르네상스를 출현시켰다.

초기 르네상스의 대표적 인물로는 《신곡》을 쓴 단테를 비롯해 로마제국의 재생을 부르짖었던 인문주의자 페트라르카, 고대 스타일로 시공간을 다뤘던 화가 조토, 로마법 연구에 체계를 세운 바르톨루스가 있다.

1348년의 흑사병이 이탈리아를 휩쓸면서 잠시 주춤

했던 르네상스는 15세기에 이르러 꽃을 피우게 된다. 르네상스가 활발히 전개되었던 지역은 이탈리아 중에서도 피렌체, 밀라노, 로마, 베네치아를 꼽을 수 있다. 예술가들에 대해 후원을 아끼지 않았던 가문으로는 피렌체의 메디치 가문, 밀라노의 스포르차 가문 등이 유명하다. 15세기 로마 교황이 추진한 성 베드로 대성당의 건축(1515)은 **다 빈치**를 비롯한 많은 예술가들을 로마로 모이게 하는 계기가 되기도 했다.

르네상스는 130년간 지속되다가 1530년 즈음에 쇠락하고 만다. 1492년 콜럼버스가 아메리카 항로를 발견한 것을 기점으로 이탈리아 경제가 추락한 것과 1517년 마르틴 루터의 종교개혁으로 교회에 자금이 부족하게 된 것이 원인이었다. 즉 르네상스는 위의 두 원인으로 인해 문화에 투자할 자금을 확보할 수 없게 되면서 쇠락하게 된 것이다.

르네상스를 대표하는 예술가 미켈란젤로의 〈다비드〉 상

르네상스가 철학적, 문

구스타브 도레가 그린 《신곡》의 삽화

학적, 예술적으로 크게 발전한 시기인 것은 분명하지만 사회적으로는 흑사병으로 죽어가는 사람들과 종교적으로 학대 받는 과학이 있고, 유럽인의 자존심이었던 비잔티움 제국이 멸망한 암울한 시기였다는 것도 부정할 수 없는 사실이다. 또한 종교개혁에서 비롯된 교회의 분열은 이탈리아를 소국으로 갈라지게 만들었고, 이는 이탈리아의 통일을 방해하는 원인이 된다. 결국 이탈리아는 정치·사회적으로 근대화가 지연되는 부작용을 끌어안게 되었다.

조토가 그린 〈그리스도의 죽음〉

성 베드로 대성당 전경
오늘날 바티칸 시국 벽 안에 있다.

르네상스의 숨은 조력자

1. 메디치 가문 La famiglia Medici

메디치 가문의 문장

메디치 가족을 모델로 한
보티첼리의 〈마니피캇의 성모〉

13세기부터 17세기까지 피렌체를
사실상 지배했던 가문.

르네상스 시대 문화 예술을 경제적
으로 지원했던 가문으로 이름이 높
다. 메디치 가문에 대한 역사적 기
록은 13세기에 처음 나타나는데, 본
래 시민 계급이었고 모직물 교역으
로 경제력을 키워나갔다고 한다. 이
후 이를 바탕으로 메디치 은행을 설
립, 피렌체 인구의 절반 이상이 메
디치 가문이 경영하는 곳에서 일을
했을 정도의 부유한 가문으로 성장
했다. 메디치 가문은 경제적 부를
바탕으로 1434년 마침내 피렌체 공
화국의 비공식적인 지도자로서의 위

치를 확보한다.

메디치 가문은 제조업과 은행업으로 쌓아올린 재산을 예술과 문화, 교회에 후원, 르네상스의 탄생과 발전을 이끌어내는 데 큰 역할을 했다. 미켈란젤로, 라파엘로가 대작들을 완성할 수 있었던 것도 다 메디치 가문의 후원 때문이었다고 할 수 있다.

2. 스포르차 가문 La famiglia Sforza

스포르차 가문의 문장

15세기부터 16세기까지 밀라노를 지배한 가문.

1447년 밀라노 공작의 지위를 얻으면서 르네상스 시대 초기에 밀라노를 지배했다. 1500년 프랑스 루이 12세의 군대와 싸워 지면서 서서히 쇠퇴해갔다. 1624년 남부의 산타 피오레 주로 근거지를 옮겼다가 1674년에 로마로 옮겼다. 나중에 프랑스의 프랑수아 1세가 이끈 프랑스군에 항복, 프랑수아에 의해 수용되었다.

스포르차 가문은 궁정에 학자나 예술가 등을 불러들여 문예를 보호 · 장려하는 등 이탈리아 북부 문화를 선도했다. 브라만테, 다 빈치, 수학자 루카 파치올리도 스포르차 가문의 비호를 받았다. 특히 다 빈치는 스포르차 가문의 궁정화가, 기술가로서 17년간 봉직했다.

3. 곤차가 가 La famiglia Sforza

14세기에서 18세기 초까지 만토바를 지배한 이탈리아 귀족 가문.

1382년 프란체스코 1세가 만토바의 지배자로 처음 등장했고, 1403년 만토바 후작 가문을 창설한 이후 만토바의 실질적 지도자로 군림하면서 인문주의에 바탕을 둔 최초의 학교를 설립하는 등 인문학 발전에 기여했다. 프란체스코 2세(1466~1519) 때에는 특유의 만토바 문화를 형성했다. 1530년에는 몬페라토 후작의 지위를 얻었다. 특히 G. 로마노는 가문의 궁전 '테'를 건설하면서 다 빈치, 라파엘로, 티치아노 등을 불러들여 공사에 참여하게 함으로써 당대의 명사들을 만토바로 집결시키기도 했다.

테 궁전 안의 프레스코화 〈거인의 기둥〉

곤차가 가문은 만토바를 지배하는 동시에 만토바를 문화의 중심지로 만드는 데 공헌을 했으나 1627년경부터 경제적 위기를 맞은 데다 후계자 싸움이 커지면서 쇠락했다.

곤차가 가문의 궁전 '테Te'

다 빈치는 〈최후의 만찬〉에
왜 생선을 그려 넣었을까?

〈최후의 만찬〉은 유월절에 예수가 제자들과 함께 마지막으로 가졌던 만찬의 모습을 그린 그림이다. 유월절은 유대인들의 기념일로 그날은 신전에서 신에게 바쳐졌던 어린 양을 통째로 구워 순례자들에게 나눠주는 전통이 있었다. 이는 잡혀 가기 전날 예수가 제자들과 함께 먹은 음식은 양고기였을지도 모른다는 추측을 낳았고, 그 때문인지 정말 그래서였지 확실치는 않지만 최후의 만찬을 주제로 한 다 빈치 이전의 그림에서는 식탁에 양고기가 놓여 있다.

애초에 다 빈치의 〈최후의 만찬〉은 미완성인 데다가 손상이 심해서 식탁의 음식이 무엇인지 알 수 없었다. 그러던 것이 1999년 복원되면서 그 존재를 드러냈는데 예상 밖으로 양이 아닌 생선이었다. 복원과 함께 희생양으로서의 예수를 부각시키기 위한 다 빈치의 의도가 드러난 것이다.

본래 물고기는 기독교에서 예수를 상징한다. 이는 로마제국의 지배를 받던 시기에 박해를 받았던 기독교인들이 예수의 모습 대신 물고기를 그림으로써 로마의 눈을 피했던 데 기인한다. 예수를 상징하는 물고기가 식탁에 놓여 있다는 것은 전통보다는 메시지에 더 의미를 두고자 했던 다 빈치의 의도였던 것이다.

〈최후의 만찬〉

레오나르도 다 빈치
Leonardo da Vinci

130 ●

이탈리아 르네상스를 대표하는 화가, 조각가, 발명가, 건축가, 기술자, 해부학자, 식물학자, 도시 계획가, 천문학자, 지리학자, 음악가(1452.4.15~1519.5.2).

이탈리아 토스카나 지방의 산골 마을에서 태어났다. 유명한 공증인 피에로 다 빈치와 가난한 농부의 딸 카타리나 사이의 사생아로 어릴 때부터 모든 학문에 다재다능함을 보였다. 열네 살 때 당시 유명한 예술가 안드레아 델 베로키오의 공방에 들어가 20대 초반까지 미술, 기술, 공작 수업을 받았다. 이후 피렌체 화가 조합에 등록, 〈수태고지〉와 같은 작품을 통해 화가로서 먼저 이름을 알렸다.

다 빈치의 자화상

1481년쯤에는 스포르차 가문의 궁정화가가 되었는데, 이때부터 다방면에 걸쳐 천재성을 발휘, 화가, 조각가, 건축가, 기사 등으로 일했다. 유명한 〈암굴의 성모〉, 〈최후의 만찬〉이 이때 그

〈수태고지〉

려졌으며, 인체와 말의 해부학적 연구에 입각한 스케치
와 조류의 비상에 관한 논문도 이때 완성된다.

1516년에는 프랑스 왕 프랑수아 1세의 초청으로 프랑
스로 가 〈모나리자〉를 완성하고, 평생에 걸쳐 연구한 자
료들을 정리했다. 운하의 설계와 공사에 몰두하다 프랑
스로 간 지 3년 째 되던 1519년 예순일곱의 나이로 사망
했다.

다 빈치는 화가로서 15세기 르네상스 화가들의 사실
기법을 집대성함으로써 명암에 의한 입체감과 공간 표
현에 성공, 고전적 예술의 단계에 도달했다. 또 여기에
과학적 관심이 더해져 해부학적 스케치를 남김으로써
후대 인체 묘사와 의학 발전에 크게 기여했다. 또 다 빈
치는 파동운동 이론, 연통관 내의 압력, 유체에 미치는
압력의 발견자이자 양수기와 수압의 발견자였다. 새가
나는 방법을 바탕으로 비행기와 헬리콥터도 구상해냈

고, 바람의 발생과 구름과 비의 발생도 이론적으로 추구했다.

이렇듯 다 빈치의 연구는 수학, 물리, 천문, 식물, 해부, 지리, 토목, 기계 등 다방면에 걸쳐 이루어졌다. 그 연구 결과는 그의 제자 프란세스코 멜지가 죽은 후 세상 밖으로 나왔다. 오늘날에도 그의 기록은 23권의 책으로 남아 있다.

〈암굴의 성모〉

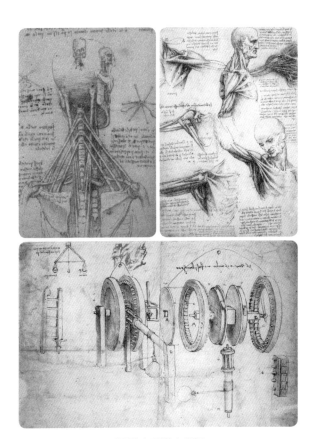

다 빈치의 다양한 스케치들

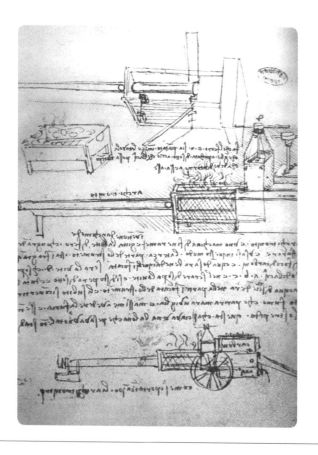

목 차   색 인

CONTENTS
INDEX

목차 색인

If you want the present to be different from the past, study the past.

현재가 과거와 다르길 원한다면 과거를 공부하라.

— 스피노자